初恋夫婦の契約結婚

～策士な社長が理性を捨てて溺愛したら～

marmaladebunko

坂井志緒

JN020411

マーマレード文庫

目次

初恋夫婦の契約結婚
~策士な社長が理性を捨てて溺愛したら~

初恋夫婦の契約結婚

～策士な社長が理性を捨てて溺愛したら～

ver.1.0　運命的同窓会

◇

ここは私たちの故郷、依ケ浜《よりがはま》。

片道一車線の山道の途中にある、車が三台ほど駐められる路側帯。

東の海に面していて、明るい時間であれば紺碧の海を望むことができる。

現在の時刻は午前五時過ぎ。今まさに地平線の向こうから太陽が昇ってきているところだ。

空は紺色からオレンジへ見事なグラデーションを描き、穏やかな海には光の道ができている。

幻想的で美しいこの光景をふたりきりで眺めながら、彼は私に言った。

「俺たち、結婚しない？」

彼と十二年ぶりに再会して、たった十五時間後のことだった。

＊＊＊

私、板築《ほうづき》まちこは、今でこそ東京都心で暮らしているが、西日本の某県にある依ヶ浜という海沿いにある小さな田舎町の出身だ。

海沿いといえば漁業が盛んであると思われることが多いが、依ヶ浜の近海は潮の流れが穏やかであるため、どちらかというと貝類の養殖が盛んである。

町の名産品は真珠で、真珠の養殖業や加工産業に従事する町民が多い。

そんな依ヶ浜にただひとつしかない中学校である依ヶ浜中学校には、昔から続く伝統がある。それは、〝三十歳の年に同窓会をする〟というものだ。中学を十五歳で卒業するから、その二倍の年齢でやろうということらしい。

そして今日、五月三日。私は今まさに、その同窓会の会場にいる。

会場は隣市にあるホテルのパーティールーム。わざわざ隣市で開催するのは、依ヶ浜が田舎すぎて、町内にはふさわしい施設がないからだ。

出席しているのは、共に卒業した同級生の八割程度。披露宴の会場にも使われる場所だけあって、パーティールームはとてもきらびやかだ。部屋の壁側にソファーや椅子が準備されているけれど基本的には立食で、料理も一口で食べやすいものが数多く用意されている。自動車で来場する人が多いため、酒類の提供は少なめだ。

「ねぇ、もしかしてまちこ？」

「うん、そうだよ。愛《あい》と麻衣《まい》だよね？　久しぶり～！」

「高校卒業した頃に会って以来じゃない？　雰囲気変わったね。ちょっと話そうよ」

依ヶ浜には高校がないため、ほとんどの生徒は隣市の高校に進学する。高校生が利用できる公共交通機関はバスくらいだし、路線もふたつしかない。だから中学を卒業しても、高校生の間はバスの車内や停留所、ターミナルなどで顔を合わせることが多かった。だから中学を卒業してからは十五年だけれど、実質的には十二年ぶり、という感覚だ。

「まちこは高校卒業してからずっと東京だっけ？」

「うん。そうだよ」

「なんだかすっかり都会の女って感じだね」

「ほんとに。まちこのことだから、もっと派手になってると思ってたのに」

ふたりの言うことはもっともだ。私は依ヶ浜にいる間、身なり――特に髪色や髪型が派手だった。

私は小学生の頃からずっと美容師、特にヘアスタイリストに憧れていて、当時から長い髪を市販の染毛剤で染めたり手の込んだヘアアレンジをしたりしていた。当然学校でも目立っていたし、先生に怒られたり先輩に絡まれたりしたけれど、私は「美容師が夢だから」と正当性を主張してめげなかった。

中学でも高校でもそんな感じだったから、今の私が黒髪のショートボブであることに、同級生たちはみな驚く。

「今はなにをやってるの？」

「美容師って感じじゃないけど」

美容師、という響きに、心の奥にある未練が少しだけ疼《うず》く。

「今は自分でまつ毛と眉毛のサロンをやってる」

「へ～、すごい。自分で経営してるんだ」

「まあね。ふたりはなにやってるの？」

「私はね――」

依ヶ浜の真珠産業に携わっていたり、結婚して子育てをしていたり。十二年の間にみんないろいろな人生を歩み、それなりに容姿も変化している。

中でもいちばん驚いたのが、高校を卒業するまでずっと素朴で大人しいメガネの少年だった棚澤耀《たなさわあきら》が、ずいぶん華々しくて快活――平たく言えば、明るいイケメンになっていることだった。

ツヤツヤでサラサラだった黒髪は、トップにゆるくパーマをかけたツーブロックに。コンタクトにしたのかメガネはかけておらず、二重まぶたの印象的な目元がさらけ出されている。

ドレスコードに〝男性はジャケット着用のこと〟と書かれていたこともあってスーツで参加している男性が多い中、彼は伸縮性のある素材のジャケットにチノパン、靴は汚れていないスニーカーだ。カチッとしすぎない抜け感のあるファッションは、周囲よりラフなのに洗練されて見える。

私はそんな彼に驚いて、ついこんな声のかけ方をしてしまった。

「あんたまさか、アキラ？」

頓狂な私の問いに、彼は驚いたように目を見開いた。

「名乗る前に俺だって気づいてもらえたのは初めてだ。そんなきみは……まさか、まちこじゃないよね？」

「まちこだよ！」

十二年ぶりに言葉を交わした私たちは、お互いの変わりっぷりをゲラゲラと笑った。

「変わりすぎだろ。まちこが黒髪だった記憶なんてないぞ」

「アキラこそ。もはや別人なんだけど」

アキラと私は、中学三年間ずっとクラスが同じだった。なにかの班が一緒になったのがきっかけで友達といえる間柄になり、高校は別々だったけれど、お互いに地元を離れるまではよく話すような仲だった。まったく気が合いそうにないのに意外だと、周囲によく言われていたのを思い出す。

「まちこは今も東京？」

「うん。アキラは？　大学は神奈川って言ってたっけ」

「キャンパスはね。俺も大学を卒業してからは東京に出たよ。今はＩＴ系の仕事をしてる」

「そうなんだ」

楽しく話しながら、私はだんだん悔しくなってきた。

私は彼が〝パソコンオタク〟と一部の同級生たちにバカにされている頃から、絶対に磨けば光るタイプの男だと思っていた。そしてもし自分がヘアスタイリストになったら、アキラを自分の技術でイケメンに仕立て上げたいと思っていた。

だから、私でない誰かが彼をイケメンにしてしまったことが、無性に悔しい。

今の今までそんな気持ちは忘れていたし、なによりもうスタイリストを引退している自分にはそう思う資格などない。けれど、あの頃は彼と会うたびに「絶対に私がイケメンにする」と思っていたことを回想して、また少しヘアスタイリストという仕事への未練が疼いた。

「ねぇ、アキラは今――」

東京のどの辺りにいるのか尋ねたかったのだが、「棚澤～」と彼を呼ぶ声がした。

「ごめんまちこ。クラス別の二次会には参加する？」

「その予定だよ」

「俺も参加するから、あとでゆっくり話そう」

「うん。じゃあまたあとで」

そのあとすぐに私も誰かに呼ばれ、私たちはいったんそこで会話を切り上げた。

同窓会には当時お世話になった先生方が来てくれたり、地元で音楽活動をしている同級生が演奏をしたりと、なかなかの盛り上がりだった。歓談の時間もたくさんあり、懐かしい面々と再会できて、いろいろな話をして、私は会をおおいに楽しんでいた。

ところが。

「あらぁ？　もしかして、板築さん？」

悪意の感じられるねちっこい声に、私は条件反射で顔をしかめた。声の方を向くと、見覚えのある三人組がいやらしい笑顔で私を見ている。

「あー……どうも。久しぶり」

自分の笑顔が引きつっているのがわかる。

この三人は、中学の時に私をよく思っていなかった女たちだ。学校の中でも派手なグループだったのだけれど、自分たちより派手にしている私を目の敵にして、なにかにつけて厭味《いやみ》を言ってきていた。

「うわ、本当に板築さんなのね。すっかり地味になって、気づかなかったわぁ」

彼女たちは今でも派手好きのようで、三人とも明るい髪色に濃いメイクをしている。披露宴に参加する時に着るような華やかなドレスワンピースをまとい、髪もサロンでそれっぽくセットしてもらったようだ。

紺色でストレートのシンプルなワンピースを着ている黒髪の私は、彼女たちと比べるとたしかに地味といえるかもしれない。

だからって、ちょっと失礼じゃない？　三十路《みそじ》にもなってまだその性格なの？

「あはは……落ち着いたって言ってほしいなぁ」

私がかろうじて笑顔で返すと、三人はおかしそうに笑った。

「落ち着いたって言うわりに……左手に指輪はしてないみたいだけど？」

〝落ち着いている〟イコール〝結婚している〟なんて昭和の価値観を持ち出して偉そうにする三人にうんざりする。本当に同い年なのだろうか。

「うん、まだ独身だから」

彼女らの左手の薬指にはそれぞれ指輪が光っている。失礼を返すようだが、こんな性格でも伴侶が見つかったことに驚きだ。

「え～っ、二十代のうちにウェディングドレス、着られなかったのぉ？」

「……着てないけど」

「やだ、かわいそう」

かわいそうってどういう意味？　私は別に、それを悲しいともなんとも思っていないのに。

「じゃあ、まだ子供ひとりも産んでないの？」

「……産んでないけど」

それがなに？　今のところは欲しいとも思っていない。

「子供を産める時期って限られてるんだよ。若いうちに産んでおかなきゃ。それに、ママがおばさんだなんて子供がかわいそうだし」

彼女たちは「私は去年ふたりめを産んで」とか「上の子がもう小学生で」などと子持ち自慢を繰り広げる。こんな性格でも子育てができるのかと、私は妙に感心してしまった。

これは典型的な結婚・出産マウンティングだ。男性に伴侶として選ばれた自分は勝ち組で、誰にも選ばれていない私は負け組。母となって子供を育てている自分は幸福で、ひとりも子のいない私は不幸。そういう価値観を振りかざし、自分は私より優《まさ》っていると主張している。

いつかネットのエッセイ記事で読んでバカみたいだと笑った状況に、まさか自分が置かれることになるとは思ってもみなかった。中学生ならまだしも、三十路になってすら面と向かってこんなことを言える人間が実在しているとは思わなかった。

「結婚も出産も、私は別に急いでないから。今は仕事が楽しいし」

これは本心だ。自分でサロンを始めて、軌道に乗ってからは毎日楽しくて仕方がない。私とて結婚や子を持つことに興味がないわけではないけれど、今の充実した生活に満足しているので、無理に相手を探そうとは考えていない。

「それ、結婚できない人が言い訳に使う常套句《じょうとうく》だよ。あんまり言わない方がいいよ」

「そうそう。落ち着いたんじゃなくて諦めたって思われちゃう」

人生の先輩がアドバイスをしてあげている、という体で私を貶《けな》す。私が人生を楽しんでいるという事実はどうでもいいのだろう。口角を上げているのがだんだんつらくなってきた。

「けどまぁ、お付き合いしている人くらいいるんでしょう？」

「今はいないけど……」

私が正直に答えると、三人は鬼の首を取ったように、しかしながらあくまで同情している風を装って、大げさに「え～！」と驚いてみせた。

気づいているのかいないのか、異常な雰囲気を醸し出している私たちに周囲の注目が集まっている。

「あ、もしかして男ウケを狙って黒髪にしてきたとか？」

「この同窓会でいい人見つかるかもしれないもんね」

「独身の男子、誰がいたっけ？　うちらで紹介してあげようよ～」

ここは素敵なパーティー会場で、今は同窓会の真っ最中。せっかくの楽しい雰囲気を悪くしたくなくて、私は強く言い返さずに我慢していた。

だけど、私はもとより気が短く弁の立つ女だ。頭では「言い返しちゃダメだ」と理解していたのだけれど、とうとう口が勝手に動いてしまった。

「ねぇ。それ、この会場にいる独身者全員に言って回ってるの？」

私が大人しくしているのをいいことに気持ちよく悦に浸っていた三人は、突然の反撃に顔を引きつらせた。

「そういうわけじゃないけど……」

「じゃあ、私を嫌な気持ちにさせるだけのために、わざわざ昭和の価値観引っ張り出してバカみたいな茶番を演じてるの？」

つとめて冷静っぽく、かつ三人がそうしたように質問形式で攻撃する。私の声は思いのほか会場に響いて、周囲がしんと静まった。ポップなＢＧＭがよく聞こえる。

図星を突かれた三人は気まずさをごまかすため、ヘラヘラと笑いはじめた。

「ちょっと、なに？　まさか冗談を真に受けたの？」

「やだ～、中学の頃はもっと冗談が通じるタイプだったのに」

「もう大人なんだし笑って流してよ～」

今度は冗談だったことにして、真に受けてムキになる私が悪いということにしたいらしい。そうはさせるか。

「まさかあれだけ下品にバカにしておいて、冗談で済まされると思ってるの？　そんなモラルのなさで子育てなんかして大丈夫？　都合のいい価値観をお友達に押し付けていじめるような子に育ってない？」

悪いことを言った自覚はあるのか、三人の笑顔は苦々しい。

周囲からの注目はどんどん集まってきている。

「なによ、私たちはただ板築さんが結婚できるようになって……」

「私、結婚したいなんて言った？　あなたたちにアドバイスを求めた？　男の人を紹介してほしいって相談した？　してないよね？」

「それはっ……でも」

「私だって、別に結婚や子育てにまったく興味がないわけじゃないよ。でも独身者を貶すことでしか自分が幸福だとアピールできないほど惨めな人間になるくらいなら、私は一生しなくていい。だって私、三人より幸せだし充実してるし、楽しく暮らしてる自信があるもん」

私がそこまで言うと、三人ははっきりと怒りの表情をあらわにした。そして私に食ってかかろうと大きく息を吸う。

しかし彼女たちがなにかを発する前に、私は次の攻撃の言葉を紡ぐ。

「それにね、私、美容関係の仕事をしているからすごく気になってるんだけど、三人とも、ちゃんとスキンケアできてる？」

「はぁ？」

「どういう意味？」

「三人とも三十歳のわりに目元の小ジワが多いし、口元の脂肪と頬の毛穴がたるんでる。ほら、ここのシミも隠せてない。家事育児が大変なのはわかるんだけど、もう少しお手入れした方がいいんじゃないかな。ママがおばさんだと子供がかわいそうなんでしょう？　私、サロンでしか買えない超効く美容液、業者から仕入れられるよ。いくつか紹介しようか？」

私は三人が口を挟めないよう早口で一気にまくしたてた。

こちとら美を扱うサロン経営者。日頃から成長因子配合のお高い美容液で丹念にケアをしている。シワもシミもたるみもない自慢の肌を見せつけるように距離を縮め、悪意のあるお節介をやり返してやった。

ああ、これで私もこの三人と同じレベルまで落ちたな……とは思うものの、スッキリしたので後悔はない。

本当はアイメイクが何年も前のトレンドのままであることやブランドもののバッグを抱えているわりに靴が安っぽいことなども指摘してやろうと思ったが、それはさすがに言いすぎかと思い直し口をつぐんだ。その時。

「あっはははは！」

少し離れたところから、大きな笑い声が割って入った。笑い声の主はアキラだ。彼に反撃のタイミングを奪われた三人は悔しげに口を結ぶ。

アキラは笑いながら私たちの方へと歩いてきた。

「邪魔してごめん。すげーブーメラン刺さってるから、おかしくて」

アキラがそう言うと、周囲の同級生たちもどっと沸いた。

自分たちが笑われていることに気づいた三人は、ばつが悪そうに顔を見合わせる。

「なによ、みんなして……」

「私たちが悪いの？」

「もう行こう。つまんない」

彼女らはそう言い残し、そそくさと去っていく。

「ちゃんと毎日日焼け止め塗って保湿しな～」

私が〝あくまで善意で〟そう告げると、三人はものすごい顔で私を睨《にら》み、会場を出ていった。これからどこかでたっぷり私の悪口を言うのだろう。私に聞こえないところでなら、気が済むまで言えばいい。

「ありがとうアキラ。助かった」

アキラが止めてくれたからヒートアップせずに済んだ。やられた分以上にやり返す必要はない。私もまだまだ大人になりきれていないのだと痛感する。

「俺もあいつらにはいろいろ言われてたから、十五年越しに仕返し」

「あー、なるほどね」

中学時代にアキラをパソコンオタクだのなんだのとからかっていたのは、主にあの三人のいたグループだ。仕返しをしたくなる気持ちはよくわかる。

それでも、当時の彼は大人しくて目立つのが好きではなかったから、あのように人の注目を集める形で反撃したことには驚いた。見た目だけでなく、中身も別人のようになってしまったようだ。

同窓会は幹事の仕切りにより、それから間もなくお開きとなった。

あの三人は結局、会場には戻ってこなかった。

同窓会が終わったのは午後五時頃。それから私たち三年一組は、ホテルから少し歩いて市街地にある若者受けしそうなおしゃれ居酒屋に入った。ここが二次会の会場だ。

二次会に参加したのは十名ちょっと。同窓会に一組のメンバーは二十五人ほどいたのだけれど、これから仕事だとか子供を迎えに行くとかで、ずいぶん減ってしまった。

残念だけれど、それぞれに事情があるのだから仕方がない。

私が同窓会でのことを謝ると、みんなは口を揃《そろ》えてこう言ってくれた。

「まちこが反撃してくれてスカッとした」

みんなを嫌な気持ちにさせていなくてよかったと、胸を撫《な》で下《お》ろす。

「あの子らに厭味を言われたのはまちこだけじゃないよ。私もまだ独身だって言ったら、『皆川《みながわ》さんは真珠と結婚するんでしょ？』なんて鼻で笑われたもん。飲んでたぶどうジュース、ぶっかけてやろうかと思っちゃった」

私の向かいに座っている麻衣は依ヶ浜の真珠養殖会社に勤めていて、三十歳にして部長という役職付きのキャリアウーマンだ。二年前によりを戻したという彼氏と結婚が決まっている。その彼が超ハイスペックなのだが、それを知ってからはあの三人も厭味を言えなくなったようだ。ざまあみろ。

「あの子らは昔から、人を貶さなきゃ生きていけないのよ。あれはもう病気だね」

麻衣の隣にいる愛が呆《あき》れ返《かえ》った顔でジョッキを置く。彼女は麻衣の兄と結婚し、義家族――つまり麻衣の家族と同居している。ふたりは親友にして義姉妹なのだ。

愛はプンプンしながら続ける。

「私は結婚してるし子供もいるけど、それでもなにか貶したかったんだろうね。

『姑《しゅうとめ》や小姑《こじゅうと》と同居なんてお気の毒～』って、麻衣がいる前で言ってきてさ。うちは嫁姑問題とかないし、楽しく幸せに同居してるっての！」

ひと通りあの三人に言われたことへの愚痴をこぼしたあと、女性陣の話題は恋愛や結婚へ。今この二次会に参加している女は私以外全員素敵なパートナーがいるようで、お相手の惚気《のろけ》や照れ隠しの悪口など、聞いているだけで楽しい。

「まちこは？　そんなに綺麗《きれい》になっちゃって、本当はいい人いるんじゃないの？」

「いないよ～。仕事が美容系だから、出会いも女性が圧倒的に多いし」

仕入れ先の男性担当者や男性のお客様もいるにはいるけれど、そういう感じにはならない。それに、本当のことを言うと。

「私、男を見る目がないというか……ダメ男を好きになる体質みたいなんだよね」

なんの自慢にもならないけれど、私はモテたことがない。小学生の頃に美容師になろうと決めてからは派手にしていたので、中学でも高校でも、こと頭髪においては校則違反ばかりの面倒な女子だった。それをおもしろがって仲よくしてくれる男子はいても、彼女にしようとしてくれる男子はほとんどいなかった。

初めて彼氏ができたのは東京の美容専門学校に入学してからだった。相手も同じ学校に通っていたのだけれど、一流の美容師になるべく必死に頑張っていた私とは本気度が違って、隙があればサボろうとするタイプの学生だった。結局彼とは、彼の浮気が発覚したことで破局した。

次の彼氏はバイトをしていたヘアサロンのスタイリストだった。八歳年上で技術もあって尊敬していたのだけれど、のちに私は彼にとって二番目の女であったことが発覚。当然別れたし、店長を交えた話し合いの末、見習いバイトの私が店を辞めることにまでなってしまった。

それからしばらくは「当分恋愛はいいや」と夢の実現に向け邁進《まいしん》。ある程度の成功と挫折を経験し、「そろそろ恋愛してみようかな」と思えたのは今のサロンを開いて軌道に乗った頃。

出会いがなかった私は、とりあえずマッチングアプリに登録して、何人かの男性と会った。気が合ったひとりと正式なお付き合いに発展したのが三年前。一年くらいは極めて順調で、幸せで、なんとなく彼と結婚することも考えていた。

しかし彼は私のサロンが予想以上にうまくいっていると知るなり、突然「きみを支えたい」と言って仕事を辞め、うちに転がり込んできた。

実家とうちを行き来する半同棲のような暮らしをしているうちにヒモ化。支える、なんて言いながら私があげた小遣いで他の女（マッチングアプリで出会った）と遊んでいたことがわかり、追い出したのが一年ちょっと前である。

「うわぁ、それは災難だったね」

同級生たちは同情半分、おもしろ半分で聞いてくれた。もう吹っ切れているし自分としてもネタのつもりで話したので、笑ってくれた方がいい。

「うん。こんなこと、あの三人には言えないけどね」

「あはは、たしかに。ここぞとばかりにイジってくるって、想像できるもんね」

今でこそ笑い話にできているけれど、当時は本当に悩んだ。

そして私は、もう自分の恋愛に期待するのをやめることにした。

海外のとある大学の研究によると、人は恋に落ちるとチンパンジー並みに思考力が低下するらしい。十代の頃にモテなかった私はたぶん相当チョロい女で、女性として扱われるとコロッとチンパンジーになってしまう。結果クズ男を見抜くことができず、傷つく経験ばかりしてきた。

とはいえ元カレたちは、クズではあったけれど、女性の扱いはとても上手だった。素敵なデートもできたし、甘い言葉で喜ばせてくれることもあった。

浮気に走らせてしまったのは私自身の〝彼女力〟のなさが一因で、彼らだけのせいではない。私は自分の夢や仕事のために、彼氏という存在をおろそかにしてしまうところがあるのは自覚している。

彼らのおかげで、こんな私でも憧れていた恋愛シチュエーションは経験できた。だからもう、シチュエーションを楽しむためのふわふわした恋愛は不要なのではないだろうか。

人生を共に歩むパートナーは欲しい。しかし私は恋をするとチンパンジーになってしまう。一時的に燃え上がった感情や、うっとりするほど甘いシチュエーションは、私の目を曇らせる。

恋愛相手から生涯の伴侶を選ぶのは、こと私においては失敗するリスクが高い。だから結婚相手は、恋愛感情なしで理性的に吟味したい。

「信頼、尊敬できる人と結婚を前提に関係を育む方が、私には向いていると思う。そういう意味では、結婚相談所に登録するのもアリかなって」

私の話を、みんな複雑な表情で聞いていた。幸せな恋愛や恋愛結婚をしている彼女たちは、素直に賛同できないといったところだ。

「うーん、結婚相手の見つけ方も、夫婦の関係性も、人それぞれではあるけど……」

「まちこなら、恋愛でもいい人見つけられると思うよ？」

そうは言ってくれるけれど、私はもう傷つく恋愛なんてしたくない。過去のことを笑い話にできたとはいえ、次の恋がうまくいく保証なんてないのだ。

「俺はまちこの考え、いいと思うけどな」

割って入ってきた男性の声に、女性陣の視線が集まる。声の主は私の隣に座っているアキラだ。

「ほんと？　いいと思う？」

「うん。初めから結婚前提で相手を探した方が、時間コストもリスクも大きく抑えられる。それに、恋愛関係は付き合いたてがピークの減点方式。結婚相手を選ぶなら、夫婦としてのレベルアップを見る加点方式の方が、いい関係を継続できる」

アキラの言葉に、私は「まさにそうだよね！」と感激したのだけれど、他のクラスメイトたちはやや引き気味だ。アキラより向こう側に座っている男子のひとりが「いやいやビジネスじゃねーんだから」と笑った。

「結婚って、人と人との人生を賭けた大きな取引でしょ。ビジネスと同等、いや、それ以上に重い決断を強いられるものなんじゃないの？」

私がそう問うと、みんなは「まぁそうだけど……」と渋い顔をする。

たぶんだけど、多くの人はそんなに深く考えなくてもよき伴侶に巡り会えるものなのだろう。私は特別に男を見る目がなかったから、こんな冷めた結婚観を持つ羽目になったのかもしれない。もしかして、アキラも……？

私とアキラは、引いている周囲そっちのけで自分たちの結婚観で盛り上がった。

「私は仕事中心の生活をしているし、あと数年はこの生活を変えるつもりがないから、妻には家庭に入ってほしい派の男性とは難しいなぁ」

「俺も仕事中心に生活してるから、寂しがりな女性とは難しいと思ってるよ」

「お互いがそれぞれ好きなことをしながら楽しい時間を共有して、困った時には助け合って……という結婚生活は難しいのかな？」

「マッチする相手が見つかれば、難しくないと思う。ただ、そのマッチする相手を見つけるのが難しいかもしれないね。今の日本ではマイノリティだろうし」

二次会が終了したのは午後九時頃。クラスは解散になったのだけれど、私とアキラはまだまだ話し足りなくて、ふたりで三次会をすることにした。

私は飲酒をしないので、依ヶ浜からこの隣市まで母の軽自動車に乗って来ている。私はアキラを助手席に乗せ、二十四時間営業しているファミレスへと移動した。

私たちは案内されたテーブル席に座り、ドリンクバーと軽食をつまみながら話を続ける。

「マッチする相手が見つかったところで、結婚後に相手が豹変《ひょうへん》したら困るよね。ほら、私の元カレみたいに仕事を辞めてヒモになっちゃったり」

「急に俺の行動すべてを支配しようとしてきたり、俺の貯金を使おうとしたりね」

「……アキラ、そんな経験があるの？」

なにげなくそう尋ねると、アキラはなにか思い当たったように眉間と鼻にシワを寄せた。

「……いや、そこまではされてないけど」

やっぱり、彼もいろいろあったクチのようだ。

三十年も生きていれば、誰にだっていろいろあるよね。私だけじゃない。

「結婚する前に、あらかじめ契約書を交わしておけたらいいのに」

生活費はどれくらいずつ納めるか、家事の分担はどうするか、子供はどうするか
……結婚の前に考えておかなければならないことはたくさんある。そして子供ができた時やどちらかが病気になった時、お互いの両親に介護が必要になった時など、変化に備える必要もきっとある。

見切り発車で突っ走ってあとから揉《も》めるより、お互いの権利と義務を明確にしておく。義務が果たされなかった時の賠償についても、法的な拘束力がある形で決めておく。

それができたら、かなり安心だと思うのだけれど。

というような話をしたら、アキラが「ああ」と声をあげた。

「それは婚前契約のことだね」

「婚前契約？　そんなのあるの？」

「あるある。欧米では恋愛結婚でも契約書を交わすことが珍しくないんだって」

「へぇ、そうなんだ。そんなのがあるなら、日本でも流行《はや》ればいいのに」

そんなものが必要ないくらい、この国では恋愛結婚がうまくいっているのだろう。

かつては自分もうまく恋愛結婚できると信じていたのだけれど、才能がないのだから仕方ない。

「そうだよな」

アキラはそう言って笑って、ドリンクバーのコーヒーマシンで淹《い》れたブラックコーヒーを飲み干した。

彼をこうして正面から見ると、本当にカッコよくなったなぁとしみじみする。

十代の頃はもっと中性的な雰囲気だったのに、骨格や体格がずいぶん男性らしくなった。中学当時は私より細かった腕も、いい感じに筋肉がついている。髪型もおしゃれにしているし、眉も凛々《りり》しく整っている。肌に潤いもある。口元も手も爪も綺麗。

ファッションは……今日は同窓会仕様だけれど、気合が入りすぎていないところがとてもいい。腕時計は今人気のスマートウォッチ。誰がどう見ても、都会的で洗練されているカッコいい男性といういでたちだ。

「アキラは東京のどこに住んでるの？」

「西麻布《にしあざぶ》。会社が六本木《ろっぽんぎ》にあるから、歩いて通えるところに住みたくて」

「えっ！　本当？　私、広尾《ひろお》に住んでるんだよ！」

「マジ？　隣の街じゃん！」

お互いの住まいがとても近くで驚いた。こんなに近くに住んでいるのにこれまで会うことがなかったのは……いや、もしかしたらすれ違うくらいはしていたかもしれない。私たちはお互いに、十代の頃とは雰囲気がガラッと変わっている。近くにいたって気づかなかった可能性の方が高い。

「ってことは、サロンも広尾ってことだよな。それは客層がよさそうだ」

「えへへ。おかげさまで、セレブとか芸能人にも贔屓《ひいき》にしていただいてるよ」

「うわ～、すげぇ。夢があるなぁ」

高級住宅地として名高い広尾にサロンを開いたばかりの頃は無理して家賃を払っていたけれど、今となっては本当にここでよかったなと思っている。

「夢といえば、アキラだって。ずっとＩＴ系に進みたいって言ってたよね。夢叶《かな》ったじゃん」

「まぁ、おかげさまで」

私にはＩＴ系のことなんてよくわからないけれど、泣く子も黙る超高級住宅街である西麻布に住めるくらいだから、きっとバリバリ活躍しているのだろう。

私たちは、今度はローカルトークで何時間も盛り上がった。


「うわ、もうこんな時間！」

そろそろ眠くなってきたなと思ったら、午前四時半を回っていた。

アキラも時計で時刻を確認するなりぎょっと目を見開く。

「本当だ。いや～喋《しゃべ》りすぎた。人とこんなに長く話したのは何年ぶりだろ」

「私たぶん、学生ぶり」

「俺もそうかも」

ずっと座っていたので体が鈍《なま》ってガチガチだ。両腕を上に伸ばして上体を左右に倒すと、体が思い出したように血液を巡らせる。

「帰りましょうか、私たちの依ヶ浜に」

「そうだな」

会計を済ませ、車に乗り込む。支払いはアキラが時計の電子マネー機能でやってくれた。

エンジンをかけて発車。外はまだ暗くて、車通りもかなり少ない。話し疲れた私たちは、あまり多くは話さない。カーステレオから流れるラジオに耳を傾け、同じところで笑ったり、気になったことについて少しだけ言葉を交わす程度。

『時刻は間もなく午前四時五十分。五月に入って日の出の時刻が午前五時過ぎ頃まで早くなりました。明日は〝立夏〟、暦《こよみ》のうえではもう夏になりますね』

隣市を抜けて依ヶ浜町内に入った頃、ラジオのパーソナリティがそう言った。

「もうすぐ夜明けか。そういえば、依ヶ浜のどこかに〝隠れ朝日スポット〟があったよな」

「あ〜、あるね。どこだっけ？　行ってみようよ」

アキラが検索して調べてくれた結果、そのスポットは山を通る道に設けられた路側帯だった。幸運にも、私たちはちょうどそこを通る道を走っている。路側帯は普通自動車を三台駐められる広さがあり、大型のトラックでも利用できるように作られている。

「あ、あそこだ」

アキラが道の先を指す。情報の通り、車が三台入りそうな路側帯がある。他にも誰か見に来ているかもしれないと話していたが、今日は私たちの貸し切りのようだ。

車を駐め、降りる。朝の新鮮な空気が徹夜した体に心地いい。

アキラが調べた情報によると、本日の依ヶ浜の日の出時刻は午前五時七分。風はあるが、海は静かだ。空はすでに赤と紫のファンタジックな色をしている。雲に色が映って、景色全体がまるで絵画のよう。

「すごい……綺麗な色。依ヶ浜って、こんな素敵な景色が見られるんだ」

十八年も依ヶ浜で暮らしていたのに、この時間にここへ来たことはなかった。

「いわゆるマジックアワーってやつだね。晴れててラッキーだったな。これから徐々に空の色が変化していくよ」

「マジックアワー？　アキラって昔から物知りだよね」

私が言うと、彼は照れくさそうに笑う。

「たまたまだよ。それより、ちょっと風が強いけど大丈夫？」

「うん。平気」

アキラの言った通り、地平線付近の空がだんだんオレンジ色になってきた。黒に近い紺色だった真上の空も、青に近い紺色くらいまで明るくなっている。

「なぁ、まちこ」

「ん？」

「今日、極力誰にも言わないようにしていたことがあるんだ」

アキラはこちらを見ず、海に向かって話している。朝焼けに染まって赤い。

「どうしたの急に」

「まちこには、話したいなって思って」

「なにを？」

彼が海の方を向いたままなので、私も海の方に視線を戻す。この綺麗な景色を見ないのはもったいない。

「俺さ、IT系の仕事をしてるって言ったじゃん？」

「うん。聞いた」

「会社、自分でやってるんだよね」

「え？　それって、アキラが社長ってこと？」

私は驚いて、またアキラの方を見た。彼は変わらず海と空を見つめている。

「うん。学生時代に起業したから、あと一年で十周年」

「へぇ～、会社かぁ。すごいじゃん」

意外だ、とは言わないでおく。彼はもはや、中学時代の素朴なアキラではない。

「社長って名乗るとさ、男女問わず目の色変えて近づいてくる人が少なからずいるんだよ。同級生でそういうのがあると嫌だから、言わないようにしてたんだ」

サロン経営がうまくいっていると知るやヒモになった男や、タダで施術してほしいと図々しく迫ってきた女に心当たりのある私には、それが容易に想像できる。まして〝IT起業の経営者〟なんてお金持ちのイメージしかないから、その分下心を持って近づいてくる人は桁違いに多いだろう。

「どうして私には教えてくれたの？」

私だって、下心を持って近づこうとするかもしれないのに。

「まちこには今後も近所のよしみで仲よくしてもらいたいし、同じ経営者だから、かな」

「経営者っていっても、私はただの個人事業主だよ？」

「仲間の力を借りて経営している俺にとっては、ひとりでやってるまちこの方がすごい」

「そんなこと……あっ！　出てきた」

地平線に光の粒が現れた。空はそこを中心に、放射状に幻想的なグラデーションを描いている。太陽は少しずつ大きくなってきて、穏やかな海に光の道が見えはじめた。

「綺麗だな……」

アキラが感嘆のため息を漏らす。

「うん。来てよかったね」

十代の頃はこの田舎町から出たくて仕方なかったけれど、こんなに素敵な景色が見られると知っていたら、少しくらい躊躇《ちゅうちょ》していたかもしれない。

「ねぇ、まちこ」

「なに？」

「俺たち、結婚しない？」

「え？」

今、なんて言った？

もしかしたら聞き間違いかと思って彼の方を向くと、今度は彼も私を見ていた。

彼のまじめな表情を見る限り、私の耳は彼の言葉を正しく聞き取ったようだ。

「まちこが求める理性的な契約結婚、俺たち自身で試してみようよ」

「……本気で言ってる？」

アキラは「もちろん」と頷いた。

「まずは三ヶ月くらいお試しで同棲して、その間にお互いのことを深く知っていこう。結婚しても大丈夫だと思えたら、双方が納得いく契約書を交わして入籍。もしダメだと思ったら……まぁ、お友達に戻るってことで」

この男、正気だろうか。

同窓会で十二年ぶりに再会して、まだたったの十五時間。そのうちの数時間、理性的で理想的な結婚について語り合ってきたとはいえ、結婚を決めるにはあまりにも早い。

太陽が大きくなり、空がだんだん明るくなってきた。海もキラキラしている。朝日に照らされるアキラが神々しい。

「どうかな？　俺、まちこの結婚相手として、条件はかなりいい方だと思うんだけど」

たしかにな、と思った。大人になってカッコよくなったことや社長という肩書きを抜きにしても、自己実現を優先した私のワガママな結婚観に賛同してくれる奇特な男性というだけで好条件だ。

それに、ほとんど直感で根拠はないのだけれど、アキラとならうまくいく気がする。

「私も、やってみたい。契約結婚、試してみたい」

「それじゃあ……」

「うん。よろしくお願いします」

アキラが右手を出し、私たちは握手を交わす。仮契約成立だ。

それを祝福するように、ウミネコたちが賑やかに飛び回りはじめた。

この太陽が照らしているのは、私たちの未来だ。

◆　◆

俺こと棚澤耀は、三十歳の年に開催される中学の同窓会を、人生におけるひとつの大きな節目であると考えていた。

「同窓会までにエンジニアとして社会的にも経済的にも成功し、男としての自信を携えて参加する」

自分の人生を営むにあたって、この目標が大きなモチベーションのひとつだった。

そのような目標を立てるに至った要因はいくつかある。

小学六年生の頃、自宅にパソコンが設置されて以来、俺はずっとパソコンに夢中だった。インターネットに繋《つな》がっているパソコンさえあれば、知りたいことはなんでも知ることができるし、楽しいゲームもできるし、知らない人と繋がることもできる。小さな機械だけれど可能性は無限大だ。

次第に〝なぜこのようなことができるのか〟というところに興味を持ちはじめ、中学に入学してからは独学でプログラミングの勉強を始めた。

依ヶ浜中学校には「パソコン部」があった。部活動として認められていたが部員はたったの六名で、だいたいは「運動部には入りたくないが部活には入りたい。あわよくば学校のパソコンでゲームをして遊びたい」という連中の集まりだった。顧問の指導も適当で、なにかテーマを与えるだけ与えて一ヶ月放置。部員はそれをインターネットで調べ、Word《ワード》やExcel《エクセル》、PowerPoint《パワーポイント》などで資料を作り、顧問に提出して評価を受ける、というのが大まかな活動の流れだ。

テーマについて調べて資料をまとめること自体は、三日もあればできた。適当な部員はそれだけやってあとは顔を出さなかったけれど、俺は毎日部活動の終了時刻である午後六時までパソコン室にこもって、そこでもプログラミングの勉強をした。

その甲斐《かい》あって、俺は中学を卒業するまでに、簡単なクイズゲームをすべてオリジナルで作ることができるまでになった。ゲームといっても、シンプルな画面に問題と選択肢を表示して、回答者が選択したものが正解か不正解かを表示するというだけの簡易的なものだ。けれど中三の春にそれを完成させ部員や顧問に遊んでもらった時は、恐縮するほど褒めてもらえた。それが中学最高の思い出でもある。

とにかくパソコン大好きで、教室でもプログラミングの本を読みコードの組み合わせや順番を考えて過ごすような生徒だったので、周囲からは〝パソコンオタク〟と揶揄《やゆ》され友人も少なかった。今風に言えば典型的な〝陰キャ〟だ。

パソコンオタクは事実なので、そう呼ばれる分にはまったく構わなかった。しかし特に派手なグループの男女は面と向かって「キモオタ」とバカにしてきたので、心底腹立たしく思っていた。

たしかに当時の俺は、校則通りもみあげ部分を耳の半分のところまで剃《そ》り上《あ》げた、生徒の間ではダサいと評判の髪型だった。制服の着方も、背が伸びてズボンがつんつるてんなのを気にせず穿《は》き続けていた。今思えば恥ずかしいほどファッションに疎《うと》い生徒だったが、だからといって「キモい」と罵《のの》しられていい理由にはならない。

だから、そいつらのことは今でも恨んでいるし、同時にいいバネになってくれたことに感謝もしている。彼らを見返したいという気持ちは、まぎれもなく、大きなモチベーションだった。

中学二年の頃だったと思う。そんな俺に、こんな言葉をかけてきた女子がいた。

「私、棚澤は絶対にカッコいいと思うんだよね」

中学生なのに髪の毛を様々な色に染めている不良女子、板築まちこだ。不良といっても髪を染めているだけで非行に走ったりはしていないようだったけれど、その見た目から、俺は苦手意識を持っていた。

「……え、なんの冗談？」

俺がそう返すと、彼女はごく真剣な表情で俺の顔をいろいろな角度から観察しながら答えた。

「冗談じゃなくて、本気でそう言ってるの。ねぇ、私、棚澤のこと絶対にイケメンにできると思うから、私にプロデュースさせてくれない？　髪型と眉毛だけでいいからイジらせて」

彼女の申し出は、当時の俺にはとても怖かった。その時彼女は前髪とフェイスラインのところだけ金髪にしていたのだけれど、ＯＫすれば俺も金髪にされてしまうかもしれないと思ったのだ。

俺はパソコンのこと以外どうでもよかったので、おしゃれなんかのために校則を破って教師に怒られたり内申を下げられたりするのはまっぴらだった。

「ごめん、無理」

関わりたくないし、とまでは言わなかったけれど、その時は本当に関わりたくなかった。しかしまちこはそれからも、やたらと俺に絡んできた。

「棚澤。私、棚澤の髪が切りたい」

「あんたは絶対にイケメンになる」

「プロデュースさせてよ」

初めは一方的にグイグイ来られていた。

「ね～、棚澤。あんた頭いいんでしょ？　ちょっと数学と理科教えてよ」

なんて教えを乞うてきたこともあったし、

「ただでさえサイズ合ってないのに、そんなにズボン上げて穿かないの。自然な位置はここ。ベルトをきつく締めすぎてるからこんなに上がるんだよ」

と逆に教えを説いてきたこともあった。

絡んでいるうちにだんだん彼女に対する苦手意識はなくなり、友人らしく接することができるようになった。初めのうちは「棚澤」「板築さん」と呼び合っていたのも、三年に上がる頃には「アキラ」「まちこ」と呼び合うようになった。

まちこは俺にとって初めての女友達だ。俺は次第に特別な感情を抱くようになり、それが初恋であると気づくのにそう時間はかからなかった。

中学卒業後、俺は隣市の進学校へ、まちこは商業高校へ進学した。

通学に同じ路線のバスを利用するので、まちことは車内で顔を合わせることが多く、隣の席に座っておしゃべりを楽しむような関係が続いた。

自分に自信のなかった俺は、まちこに告白することなど到底できず、某有名大学の神奈川県内にあるキャンパスへ進学。まちこは東京の専門学校へ進んだ。

神奈川と東京なら簡単に会える距離だったけれど、俺たちが連絡を取り合って会うことはなかった。俺の片想《かたおも》いであるうえに意気地がなかったからだ。

戦わずして密《ひそ》かに諦めるのは情けなかったが、俺は女性の求める男としての自信は皆無だった。わざわざ負け戦をする必要はない。

まちことは将来同窓会で再会するだろう。その時までに、俺をカッコいいと言ってくれた彼女が「自分の目に狂いはなかった」と喜んでくれるような男になっていたい。

これも、ひとつの大きなモチベーションになった。

大学時代は意識の高い学生として、エンジニアになるための勉強をしながら充実したキャンパスライフを送った。

俺はすでにある程度のプログラミング能力を習得した状態で入学していたので、学部内でも〝デキるやつ〟として一目置かれた。

大学生デビューという形で髪型やファッションなどに気を使うようにした効果か、この頃、俺は急にモテるようにもなった。おかげで恋愛を楽しむこともできたし、中学時代のように「キモオタ」とバカにされることはなかった。

今思えば、俺は見た目——いや、髪色が派手な女とばかり付き合っていた。無意識だったので単に自分の好きなタイプがそういう女性なのだろうと思っていたのだけれど、潜在意識レベルで初恋のまちこを求めていたのだと思う。まちこのように派手な女を恋人にすることで、まちこへの片想いのリベンジをしている気になっていたのだろう。

そんな俺の恋愛がそうそう長続きするわけがない。一年と経《た》たずにうまくいかなくなり、別れるのが毎度のパターンだ。

学生時代に立ち上げた株式会社Dear Standard《ディア スタンダード》（通称ディアスタ）の経営がなんとか安定し、経済的にも高いレベルであると自負できるようになり、男としてもまあまあの自信がついたところで迎えた三十歳。

ゴールデンウィークの連休も終盤のこの日、俺は人生の目標を達成した状態で中学の同窓会を迎えることができた。

俺は真っ先にまちこの姿を探したが、それらしき女性は見当たらず、すぐには見つけられなかった。

先に俺を見つけたのはまちこの方で、彼女から声をかけてきてくれたのだが——

「あんたまさか、アキラ?」

俺はその瞬間、自分の浅はかさを悟り、反省した。

十二年ぶりに会ったまちこは黒髪のショートカットで、服はシンプルな紺色のワンピース。メイクは華やかだけれど〝塗った感〟がなく、透明感すらある。

派手な髪色が特徴の田舎ギャルだった彼女は、都会的で洗練された美しい大人の女性へと変貌を遂げていたのだ。

——あ、好きだ。

三十歳になったまちこを見た瞬間、俺はふたたび彼女に恋をした。一目惚《ひとめぼ》れのような心理現象を体験したのは初めてだ。

彼女の左手に指輪はない。俺にも特定の相手はいない。

俺は自分の心に火が点《つ》くのを感じながら、この機会に絶対に彼女とお近づきになろうと決めた。

俺はもう、なにも行動せずに諦めるような意気地のない男ではない。

三年一組のメンバーで集まった二次会で、俺はちゃっかりまちこの横の席を陣取った。

男子メンバーの話に交じるふりをしてまちこの様子をうかがっていると、彼女は自分の過去の恋愛について語りはじめた。どうやらまちこはいい恋愛をしてこなかったようだ。

次第に話題は結婚のことになり、彼女は独自の恋愛観を語った。

「シチュエーションを楽しむためのふわふわした恋愛は不要」

「恋愛相手から生涯の伴侶を選ぶのは、こと私においては失敗するリスクが高い」

「結婚相手は恋愛感情なしで理性的に吟味したい」

まちこが語る結婚観は至極合理的で、人生のパートナーとして長く共に過ごす相手を選ぶ方法として納得できるものだった。しかし恋愛結婚主義であろう周囲の女子たちは、まちこの話をひとつの形であるとは認めつつ、あからさまに引いていた。

俺はここが唯一無二のチャンスであると確信し、声をあげた。

「俺はまちこの考え、いいと思うけどな」

そう告げた次の瞬間、二次会が始まって以降一度もこちらを見もしなかったまちこが、俺の顔を見て目を輝かせた。

「ほんと？　いいと思う？」

なんてかわいいんだ。弾《はじ》けるような笑顔は十代の頃と変わらない。

心の中に灯った火が大きくなり、その熱が全身を巡る。

彼女の考えをいいと思ったのは本心だ。でも元からそのような考えを持っていたわけではない。とにかくまちこと近づくためのきっかけが欲しくて、俺自身を効果的に売り込むために、周囲が否定的な彼女の考えに全面的に賛同した。自分がもともとそう思っていたような口ぶりで。つまり打算だ。

それから事は狙い通りに進み、俺たちはクラスメイトたちをそっちのけにしてお互いの……いや、まちこの結婚観について語った。

俺たちが長々と話した「理性的で理想的な結婚」をまとめると、以下のような内容になる。

【恋愛感情ではなく、信頼と尊敬による結びつきを重視する】

恋愛と結婚は似ているように見えて猫と東京タワーくらい別物だ。猫と東京タワーが四本脚で立っていることくらいしか共通点がないように、恋愛と結婚もふたりで構築することくらいしか共通点がない。

科学的には、恋愛感情は長くとも三年で枯渇《こかつ》するらしい。たった三年の甘い夢より、それ以降の五十年を見据えて関係を築く方が、より幸福度の高い家庭を築くことができるだろう。

もちろん恋愛関係から愛を育んで結婚するパターンも素敵ではあるけれど、パートナーと結婚前提で友情を育み、時間を共有しながら絆《きずな》を深め、家族愛へと発展させる方が建設的だ。

【お互いが精神的・経済的に自立し、対等な関係を築く】

これはお互いの自己実現を尊重し、家庭が自己実現の負担にならないようにするためのルールだ。たとえば夫が妻に家庭に入ることを強制したり、妻が夫に仕事上の付き合いを制限したりしてはいけないということである。

まちこも俺も自分の仕事を心から楽しんでおり、なによりも優先度が高い。だからまちこは妻に家事や育児を任せっきりにするつもりの男性とパートナーシップを築くことはできないし、俺も「仕事と私、どっちが大事なの?」と言うような女性とは暮らせない。

昨今では家事の分担が夫婦の諍いのもとになるそうだが、お互いが忙しく働く前提なら、定期的に外注で賄うのがいいだろう。今は家事代行サービスがそう高額でもないし、現に俺は週に二度のペースで外注している。

【恋愛結婚でなくとも、お互いの気分が乗ればキスやスキンシップをする】

スキンシップ――この場合は性交渉という意味であるが、人間としての欲は満たされるべきだ。もちろん無理強いをしてはいけないが、大切なコミュニケーションだし愛情を深めるために有効だと思う。その際はお互いが満足できるよう努力することも大切になるだろう。特殊な癖などある場合は、事前に相談する必要がある。

ここについてはとてもプライベートな部分なので、あまり深くは話していない。

【子供はいてもいいし、いなくてもいい】

子を持つことを熱望する人もいるようだけれど、俺とまちこはどちらでもいいということで意見が一致した。

妊娠や出産はどうしても女性側に多く負担がかかるので、夫が手厚くフォローをすべきだろう。子育てが終わるまで夫婦がどのように役割を分担するか、押し付け合いにならないよう注意しながら決めるべきだ。

【浮気はダメ、絶対】

恋愛結婚でなくても、パートナー以外との恋愛関係や性交渉は裏切りである。お互いを唯一無二のパートナーとして大切にできないのであれば、結婚などすべきではない。

【結婚式はふたりきりで、撮り婚】

披露宴の開催は望んでいないが、人生で一度くらいはドレスを着たいということで、まちこはいわゆる〝撮り婚〟をしたいそうだ。俺はどちらにも興味がないので、相手の好きにすればいいと考えている。

【婚前契約書を交わす】

夫婦がお互いに果たすべき義務と享受すべき権利について、あらかじめ法的に保護される形で約束をしておくべきだ。その際は、義務を果たさなかった場合の罰則も内容に盛り込んでおく。

これはお互いが協力し合うことを約束するためのものであって、お互いを縛りつけるためのものではない。

契約は一年ごとに更新して、ライフステージにフィットするよう調整するのがよいだろう。

他にも細かいことをいくつも話したが、まちこの結婚観は極端に自己実現に偏っている。積極的に受け入れることができる男はごくわずかだろう。

でも、俺なら受け入れられる。まちこの理想の結婚を、俺なら叶えてやれる。

彼女と話しながら、俺はそんな思いを膨らませていた。


隣市のファミレスから依ヶ浜に戻る道中、俺たちは東の海が見えるスポットに立ち寄った。

日の出の近い空と海は、強い色調で見事なグラデーションを描いていた。あまりに美しく幻想的なその風景は、まるで神が俺たちの再会を祝福してくれているようだった。

この景色に勇気をもらった俺は、頭に思い描いていたことを提案した。

「俺たち、結婚しない？」

まちこは驚いた顔でこちらを向いた。俺がなにを言ったのか、まだちゃんとわかっていない様子だ。

「理性的な契約結婚、俺たち自身で試してみようよ」

「本気で言ってる？」

まちこは困惑する表情を見せた。

同窓会で十二年ぶりに再会して、まだたったの十五時間。何時間も結婚について語り合ったとはいえ、結婚を決めるにはあまりにも早い。

けれど、俺はもう完全にまちこに落ちている。奇跡的に空いていた〝まちこの夫〟の座を、誰にも譲りたくない。

きっと彼女は笑って流すだろう。今はそれでいい。幸運にも俺たちはごく近所に住んでいる。これからもチャンスは作れるだろう。

そう思ったのだが。

「私も、やってみたい。契約結婚、試してみたい」

彼女の返事に、ついそう聞き返したくなったのだけれど、グッとこらえる。

え、本当に？

「それじゃあ……」

「うん。よろしくお願いします」

必死にクールを装って、ビジネスの契約が成立した時のように右手を差し出す。

まちこはそっと自分の手を重ね、きゅっと遠慮がちに握る。

彼女の手はちょっと冷たくて、滑らかでしっとりとしていた。

ver.2.0　計画的契約結婚

◇

五月中旬に入り、日中はずいぶん暑く感じられるようになってきた。

私のサロン、eye design MATCH LUSH《アイデザインマッチラッシュ》は十一階建てのマンションの三階にある。高気密な建物であるため、室内は温度が高くなりやすい。お客様には快適に過ごしていただきたいので、時期はちょっと早いけれど冷房を入れることにした。

サロンルームはナチュラルをテーマにコーディネートしている。壁と天井は白。施術のためのリクライニングソファーやツールワゴンも白だ。

棚類やポールハンガー、ドレッサーは、フローリングやドアの色に合わせてナチュラルブラウンで揃えた。カーテンは明るめのベージュだが、明るい時間は自然光が入るよう、両脇で留めてレースのものにしている。

照明はすごくこだわって、チューリップ型のライトが六つついたかわいいシャンデリアを取り付けた。明るさと色味の調整が可能で、通常は暖色系の光にしている。

ふたつの観葉植物に水を少量与え、シャンデリアのライト、棚、ソファーのホコリを取る。それからコードレスクリーナーでフローリングを隅々まで綺麗にして、最後にテーブルをウェットクリーナーで拭く。

棚に載せている超音波式のアロマディフューザーに水とリラックス系のオイルをセットして、香りが部屋全体に回ったら開店準備は完了だ。

——ピーンポーン　ピーンポーン

インターホンが鳴った。お客様のご来店だ。

私はパネルでお客様を確認し、玄関のドアを開ける。

今日最初のお客様は、オープン当初からずっと通ってくださっている五十代の女性、來島佐和子《きじまさわこ》さんだ。

「佐和子さん、いらっしゃいませ」

佐和子さんは自身でアパレルの会社を経営されていて、六本木と青山《あおやま》、代官山《だいかんやま》にセレクトショップを出している。小柄でスリムながら、いつもファッショナブルで存在感があるカッコいい女性だ。

店舗の運営はスタッフさんに任せているためわりと自由に動けるそうで、うちには平日の午前中にいらっしゃることが多い。

髪型やファッションの系統はコロコロ変わるのだけれど、今日の髪はミディアムレングスのプラチナブロンド、服は柄もののセットアップだ。

「こんにちは、まちこちゃん。これ、頂き物のおすそわけ」

「わぁ～青山の高級キャラメルじゃないですか！　一度食べてみたかったんです。ありがとうございます！」

「美味《おい》しいから期待して。常温だと溶けちゃうから冷蔵庫に入れてね」

佐和子さんはよくこうしてお土産を持ってきてくれる。いつも頂いてばかりだから、今日はお返しをすると決めていた。

「実は私もお土産があるんです」

「ありがとう。そういえば、ゴールデンウィークに同窓会って言ってたわね」

佐和子さんは話しながら慣れた足取りでサロンルームに入り、ブランドものの小さなバッグをカゴに入れてリクライニングソファーに深く座る。

「はい。故郷は真珠が名産なんですけど、アコヤ貝から抽出したカルシウムやミネラルが入ってるフィナンシェなんです」

「へぇ、アコヤ貝の。おもしろいじゃない」

「真珠を取り出したあとの貝殻を有効活用しているんだそうで、故郷でも大人気なんですよ」

「あら、こんなにいいの?」

「もちろん。お店のスタッフのみなさんで召し上がってください」

佐和子さんのメニューは、まつ毛エクステと眉デザイン。はじめにまつ毛を施術して、それから眉を施術するのがお決まりの流れだ。

今の彼女は金髪なので、まつ毛エクステの色は明るめのブラウン。付け心地の軽いシングルのフラットタイプ。色が明るいぶんボリュームが物足りなく感じるかもしれないので、百本程度付けたところでいったん仕上がりを確認していただく。足りなければ、二十本までは追加料金なしで付け足しが可能だ。

眉も髪に合わせて、いったんブリーチで明るく脱色する。それからデザインを決めて、市販のものより長持ちするプロ用のティントで皮膚の表面を染める。色の持ちは長くて二週間程度だ。そのあとは眉周辺の余計な産毛をワックス脱毛し、完成となる。

「同窓会はどうだった? 結構みんな変わってたんじゃない?」

「そうですね。私自身がいちばん変わったとみんなに驚かれました」

「いいじゃない。人生経験が豊富になった証拠よ。見た目を変えられない人に、生き方は変えられないもの」

佐和子さんの施術中はだいたいおしゃべりをする。佐和子さんは人生経験が豊富なので、ためになることをたくさん語ってくれる。

「私以外に、もうひとりガラッと変わった人がいて」

「お。その言い方は男の子ね？」

「はい。中高生の頃は素朴なメガネ少年だったんですけど、すっかりイケメンになってました」

それはもう、磨けば光ると見抜いていた私の想像以上に。

「いいじゃない。その子、きっといい生き方してるのよ」

生き方か。アキラは高校を卒業して以降、どんな人生を歩んで今に至るのだろう。

同窓会の日、私たちは朝までずっと話をしていたのに、依ヶ浜を出てからの人生についてはあまり詳しく話さなかった。アキラは自身が会社をやっていることを隠していたのもあって、うまく話を逸《そ》らされていたような気がする。

「実はそんな彼と、結婚を目指すことになりまして」

さすがの佐和子さんも驚いたのか、施術のために閉じているまぶたをピクッと震わせた。まつ毛エクステのオフ剤を塗っているところなので、目に入らないよう気をつけなければ。

「え、結婚？　目指すってどういうこと？」

「話すと長くなるんですけど……」

私は古いエクステをオフしながら、同窓会のことやアキラと話したことなどをかいつまんで話した。

アキラとはたまたま結婚観が似ていたけれど、それが一般的でないことは自覚している。結婚と離婚の経験がそれぞれ二回ある佐和子さんといえど、さすがにこんな結婚にはドン引きするかもしれない――と思っていたのだが。

「おもしろいじゃない。その結婚、すっごくいいと思う」

「そんな反応をしてもらえるなんて思ってませんでした」

引かれる覚悟をしていたのに、まさか絶賛してもらえるとは。

佐和子さんは施術に響かないよう少しだけ頬骨と口角を上げ、「ふふ」と笑む。

「今は恋愛結婚が主流だから、そういう結婚には愛がない気がして抵抗がある人が多いかもね。でも、離婚率が急激に上がったのは恋愛結婚が主流になってからだって知ってた？　今や三組にひと組は離婚する時代。いい夫婦関係を継続できるかどうかは結婚までの過程じゃなくて、結婚後の努力次第よ」

「私もそう思います」

私は恋愛結婚を望まないからといって、夫に愛されることを諦めているわけではない。恋人関係をスタートに置かないだけで、私は夫を愛するつもりだし、夫にも愛情を求めるつもりだ。

あくまで〝恋愛感情を持つと判断力がチンパンジー並みになってしまう〟という弱点を補うために、魅力的な人とパートナーシップを結び、それから意識的に愛情を育んでいくという戦略である。

「もちろん、理性的に結婚すれば必ずうまいくって意味でもないわよ？」

「そうですよね。肝に銘じます」

だからこそ、相手を慎重に見極めなければならない。

「それで、彼とはいつから一緒に暮らすの？」

「まだ決まってないんです。今日、彼と会う予定になっているので、そこで決まると思います」

古いエクステを取り終えたら、次は新しいエクステの接着に入る。

佐和子さんは、サロンに来られる時はスッピンだけれど、普段はバッチリメイクをされている。また、まつ毛がやや下向きに生えているし、三週間に一度のペースで頻《ひん》繁《ばん》に通ってくださるので、選ぶエクステはカールが強めのDカールだ。

専門的な話をすると、太さは0・15ミリ、長さは目の大きさとデザインの希望に合わせて10ミリと11ミリを組み合わせる。アイリストが最も気を遣うグルーはブチルアルコールのものを採用しており、今のところ、私のサロンではアレルギー症状を訴えてきたお客様はほとんどいない。

グルードームにエクステを浸し、地まつ毛一本にエクステを一本貼り付ける。その際、エクステに付着したグルーがダマになってはいけない。地まつ毛選びも慎重に。まだ若いまつ毛や抜けてしまいそうな毛は避ける。

おしゃべりをしながらでも、左右のバランスを見て一本一本丁寧に。細かい作業に目が疲れてきたらいったん背筋を伸ばし、目を閉じてアロマの香りを楽しむ。それを繰り返し予定の本数を着け終わったら、ブロワーでグルーの揮発を促し、下まぶたに敷いていたコットンやまつ毛を留めていたテープを外す。

「いったん仕上がりを確認していただけますか？　今百四本付いています」

「うん、いいじゃない」

「色が明るいので軽く見えると思うんですけど、物足りなくないですか？」

「全然。これ以上増やすとまぶたが重くなっちゃう」

「ではまつ毛は完成ということで、眉の方に移りましょうか」

まずはブリーチで毛の色を明るくして、ペンシルで描きながらデザインを決める。眉の形には黄金比がある。眉頭は小鼻の真上とか、眉尻は小鼻と目尻を繋いだ延長線上とか、日頃眉の手入れをしている人なら一度は見たことがあると思う。

佐和子さんくらいの世代の女性は、眉尻を黄金比より高い位置に設定する方が若く生き生きとした印象を与えやすい。さらに彼女の雰囲気やメイクのテイストから、眉山も黄金比よりほんの少し高い位置に取るようにしている。

黄金比はあくまで基準であり、そこからお客様自身の好みやなりたいイメージに合わせて、よりなりたい顔に近づく眉をデザインするのが私の仕事だ。

デザインが決まったら、いよいよ施術に入る。眉ティントの色の調合、そして塗布は、アイブロウリストの腕の見せ所だ。眉頭を自然なグラデーションに仕上げられるところが、私――ひいてはこのサロンの売りでもある。アイブロウ、つまり眉について徹底的に研究し、技術を磨いた私の武器である。今ではこの技術を求めて、佐和子さんのようなセレブやバリバリ働く女性、芸能人や有名動画クリエイター、キー局のアナウンサーもここに通ってくれている。

アイリストもアイブロウリストも、美容師資格がなければできない仕事だ。ヘアスタイリストのキャリアを断念せざるをえなかった私にも、資格を活かせる仕事がある。これは夢半ばで敗れた私にとって大きな救いだった。

「今日もありがとう。また次回、お願いね」

仕上がりに満足してくださるお客様の笑顔がなによりのご褒美だ。私の最初の夢は潰《つい》えてしまったけれど、今でも美容に携われることが幸せでならない。

「こちらこそありがとうございます。お待ちしています」

この仕事は私の誇りだ。これからも需要のある限り、この仕事を続けていきたい。

アキラとの約束は午後七時。場所は六本木にあるレストランの個室。

理性的な契約結婚を目指すにあたって具体的な話し合いをするため、数日ぶりに彼に会う。

「これって一応、デートだよね？」

今日最後の仕事を終え、クローゼットを眺めながらひとり呟《つぶや》く。

指定されたレストランはドレスコードこそないものの、高級感のあるお店だ。ラフな格好で行くわけにはいかない。とはいえそれっぽくて新しい服は先日の同窓会で着てしまった。

アキラはどんな格好で来るのだろう。仕事終わりにそのまま来ると言っていたから、スーツだろうか。

私は迷いに迷って、デコルテや腕がレースになっている黒のセットアップを着ることにした。そんなにお高い服ではないけれど、手洗いして大事に着ているので毛玉のひとつもないし、大丈夫だろう。その代わり、靴とバッグは名のあるブランドのものを身に着けていくことにする。

メイクを直し、髪をアイロンで軽く巻く。最後にひと粒ダイヤのピアスとネックレスを着け、身支度は完了だ。今日は食事だけなので。香水は使わない。

アキラは本気で私と結婚を目指すつもりなのだろうか。あの日アキラはお酒を飲んでいた。たまたま話が盛り上がったから、酔った勢いとノリで「結婚しよう」なんて言ったのでは。

十二年ぶりに会ったアキラが想像以上にカッコよくなっていたのもあって、私はわりと乗り気なのだけれど、彼は正気に戻ったあとで後悔しているかもしれない。今日はもしかしたら、「その気がなくなってしまった」という話をされることも考えられる。

「その時はその時か。別に私たち、好き同士ってわけでもないんだし」

この数日間、彼と結婚することについてまじめにいろいろ考えた。サロンをどうするかとか、不規則な生活の中で彼との時間をどう作るかとか。

大してよくないこの頭でたくさん考えたのに、その時間が無駄になったら嫌だなぁ。

私はそう思いながら、履き慣れないヒールのパンプスに足をねじ込んだ。

呼んでいたタクシーに乗って、待ち合わせのレストランへ。

レストランは六本木の住宅エリアにあり、外観は白亜の邸宅だ。眩《まぶ》しすぎない程度にライトアップされていて、貴族の城のような高級感を放っている。デートだと思っておめかししてきたけれど、こんな建物に私なんぞが入ってもいいのだろうかと一瞬ためらってしまった。

「いらっしゃいませ。ご予約のお客様でしょうか」

勇気を出して中に入ると、フォーマルな装いの男性に恭しく迎えられた。

「はい。棚澤で予約をしていると聞いています」

「棚澤様ですね。お連れ様がお待ちです。ご案内いたします」

男性に連れられ、邸宅の中を歩く。廊下のようなところを少し進むと、下のフロア、つまり地下にレストランのホールがあり、見渡せるようになっている。

ホールには丸テーブルが八つあるが、空いているテーブルは見当たらない。中央にグランドピアノがあり、ワインレッドのフォーマルドレスを着ている華奢《きゃしゃ》な女性が生演奏を披露している。

私はあまりのゴージャスさに恐縮し、背筋を伸ばした。

「お部屋はこちらでございます」

男性は扉を三回ノックして、「失礼いたします」と声をかけた。

「はい」

中からアキラの声が聞こえて、胸に緊張が走る。

「お連れ様がいらっしゃいました」

静かに扉が開くと、アキラが立ち上がり私を迎えてくれた。

「まちこ！」

「こんばんは。数日ぶりだね」

「この数日がすごく長かったよ。まちこと東京で会うのは、なんだか新鮮だな」

彼は今日もイケメン然としている。六本木が似合うけれど、ギラギラはしていない。

ナチュラルなカッコよさがとてもいい。

服装は同窓会の時と同じようなテイストで、伸縮性のある紺色のジャケットに黒のパンツ、靴はシンプルなスニーカーだ。カチッとしすぎていないからこなれて見える。社長をやっているだけあって、このような店をよく利用しているのかもしれない。

このような店にはまるで慣れていない私は、「手荷物はこちらへどうぞ」と指された場所におずおずと手荷物を置き、引いてくれた椅子におそるおそる座った。

この個室は六畳ほどの広さで、一面の窓からライトアップされたプール付きの庭が見える。調度品も高級そうで、壁には重厚な額に入った絵画が飾られている。

「私、こんなレストランには滅多に来ないから緊張してるんだけど」

「あはは、俺も。うちの社員に勧められてここにしたんだけど、想像以上に豪華でビックリしてるよ。もっといいジャケット着てくればよかったな」

なんだ、アキラも慣れてないんだ。

ホッとして自然と頬が上がる。

「私も、もっといい服着てくればよかったって思ったよ」

ホールにはピアニストをはじめ、上流階級という感じの人たちばかりが食事をしていた。ここは個室で、スタッフの出入りはあるけれど、基本的にはアキラとふたりきりだ。周囲を気にして上品ぶらなくていいから助かった。

私たちは話をする前に、とりあえず食事を楽しむことにした。

まずはシャンパン――といっても私はノンアルコールだが――で乾杯し、プティサレとアミューズブーシュをつまみながら料理を待つ。

「アキラの会社って、どんな仕事をしてるの？　IT企業がなにをしているのか、私にはいまいちよくわからなくて」

「ひと口にITといってもいろいろあるけど、俺の会社はウェブサービスの開発がメイン。受注開発もするし、自社で運営してるサービスもあるよ」

「ふーん。自社サービスって、どんなサービス？」

「いくつかあるけどいちばん大きいのが、〝ココサローニャ〟っていう個人事業主向けのサービスで……」

「ええっ！　ココサロ!?」

つい大きな声を出してしまった。ココサローニャ（略称：ココサロ）といえば、私も大変お世話になっているサービスだ。

私のように自宅でやっている個人サロンは、とにかくお客様に見つけてもらわなければ話にならない。見つけてもらうためには大手のネット予約サービスを利用するのが最も効果的なのだが、小さなサロンにとってその利用料はとても高額だ。

また、利用料とは別に広告料を払っている大きなサロンが検索結果の上位を占めるため、個人サロンは不利になりやすい。私もオープン当初は大手のサービスを利用していたのだけれど、あまり顧客には恵まれなかった。

オープンから三ヶ月ほど経った頃、個人サロン専門のネット予約サービス、ココサローニャが東京・神奈川エリア限定で始動していることを知った。サービスの利用料は大手よりも良心的なうえに、〝ココサロ枠〟として大手の予約サービスの検索結果にも出してもらえる神サービスだ。ココサローニャのおかげで、私のサロンはたくさんの人に見つけてもらえるようになり、現在に至る。

私にとって命ともいえるこのサービスを作ったのが、まさかアキラだなんて。えも言われぬ驚きと感動で、胸がいっぱいになる。

「そっか。まちこ、俺のサービスを使ってくれてたんだ」

「相当な古参かつ超ヘビーユーザーだよ！　今の私があるのはココサロのおかげ。開発してくれて、本当にありがとう」

「こちらこそ長年のご愛顧をありがとう。ココサロのユーザーさんのおかげで、今のディアスタンダードがあるんだ」

午前十時から午後九時までのサロンが多い中、私は自分の予定さえ空いていれば二十四時間年中無休で予約を受け付けている。といっても休みが取れないわけではない。予約がない暇な時に適当に休んでいる。

　自分でサロンを始めてみてわかったのだけれど、個人サロンや早朝、深夜の施術には意外と需要がある。仕事が忙しくて普通のサロンの営業時間には予約ができないキャリアウーマンやサービス業従事者。女性ばかりのサロンに抵抗のある男性。個室のサロンでないと落ち着いて施術を受けられない著名人。もちろん、普通のサロンと同じように通ってくださる人もいる。

「おかげさまでリピーターに恵まれて、今はわりと忙しくさせてもらってるんだ」

「リピーターを獲得できたのは、まちこの腕がいいからだよ。ココサロにできるのは、サロンと顧客のマッチングまでだからね」

「そんなことない。それ以外にも重宝してるよ」

　ココサロのすごいところは、会計ソフトを標準装備しているところだ。売り上げは自動計上してくれるし、経費などを入力すれば簡単に確定申告することができる。簿記の知識がない人にはやや難しいようだが、オプションでサポートが受けられるので心配ご無用だ。もっとも、私は商業高校を出ているので、サポートを受けたことは皆無なのだけれど。

ココサロは個人サロン向けサービスとして全国に広まったのを機に、サロン以外の個人事業向けにもサービスを開始した。たとえばイラストレーターやデザイナー、楽曲制作者、プログラマー、ハンドメイド作家などが個人で登録しており、副業のツールとしてますます盛り上がっている。

……と、ここまで語って気づいたのだが。

「もしかして、アキラってすっごいお金持ち？」

私、もしかしてとんでもない人と結婚しようとしているのでは。

おそるおそる尋ねると、アキラは苦笑いを浮かべた。

「うーん、まぁ。年収で言えば、今はこれくらい」

述べられた数字に、私はドン引きした。むろん、多すぎてだ。

私もそれなりに稼いでいるのだけれど、まるで勝負にならない。

「女性にそんな顔をされるのは初めてだな」

「その年収を知った女は、普通どんな顔するの」

「めったに教えたりはしないけど……知った女性はだいたい、目をギラつかせる」

「ああ……なるほど」

この外見、この肩書き、この経済力。悪い意味でロックオンされることが多そうだ。

そういえば貯金を使おうとする女の話を、故郷で聞いたっけ。

「まちこが引いてくれて、ちょっと嬉《うれ》しい」

「いや引くでしょ。怖いよ」

持っているものが多い人は、それを守る手間が多い人でもある。いつでも失うリスク、奪われるリスクと隣り合わせだ。アキラが理性的な結婚を望む理由がよくわかった気がする。

私たちは生々しい話をしながら、華やかに盛られた前菜、香ばしい魚料理、ジューシーな肉料理を楽しんだ。ダブルメインの贅沢なコース料理はどれも絶品で、「美味しい」しか言葉が出ない。

特に肉料理の牛ヒレ肉とフォアグラのパイ包みトリュフ風味は頬が蕩《とろ》けて落ちるのではないかというほどの美味しさで、私もアキラも個室であることをいいことに喜びの悲鳴をあげた。

「私、もうお腹《なか》いっぱいだよ」

「俺も。こんなにたくさん食べたのは久しぶりだ」

なんて言いながら、プレデザートとデザートもぺろりと平らげる。

「こんなに美味しいディナーは初めて。美味しいものでお腹いっぱいになるのって、幸せだね」

食後の紅茶を飲み、ほっこりと息をつく。この紅茶も素晴らしく美味しい。芳醇な香りを存分に楽しむべく、肺いっぱいに吸い込んで、恍惚《こうこつ》と吐く。このレストランに到着した時の緊張が嘘《うそ》のようにリラックスしている。

こんなに贅沢な時間を過ごしたのは何年ぶりだろう。舌が満足したのはもちろん、心も満たされた感じがする。

「まちこに喜んでもらえてよかった。ここを教えてくれた社員に感謝だな」

アキラは先に紅茶を飲み終え、立ち上がって荷物を載せている台の方へ。バッグの上に雑に置いていたタブレットを手に取った。

「お腹《なか》が膨れたところで、そろそろまじめな話をしようか」

来た……！　今日の本題、結婚の話だ。

「う、うん」

彼は自分の席には戻らず、テーブルを回って私の方へやってきた。壁際に並べてある椅子——おそらく席を増やすための予備——のひとつを私の横に置き、腰かける。

タブレットのホームボタンを押し、ロック画面を解除。映し出されたのは文書だった。

【婚前契約書】

夫棚澤耀（以下、「甲」）と妻板築まちこ（以下、「乙」）は、後に予定される甲乙間の婚姻関係について、●年●月●日付で以下の通り婚前契約書を締結する。

第1条（夫婦の協力など）

甲と乙は、婚姻を継続するために貞操を守り、お互いに努力を惜しまず、お互いを尊重し、思いやりと感謝の気持ちを持ち続けることを約束する。

……

「え……これって」

「婚前契約書のドラフト版。うちの顧問弁護士に頼んで、ざっくりだけど作ってもらったんだ」

画面を下へと送っていくと項目は第10条まであって、依ヶ浜で語り合った内容が契約書っぽい言葉遣いで端的にまとめられている。

「すごい。あんなにラフに話したのに、ちゃんと契約書になってる」

「データはあとでメールするよ。弁護士を入れて一緒に内容を煮詰めよう。それから」

アキラは画面を大きくスワイプし、別の画面を見せてきた。


【広尾駅徒歩８分・六本木駅徒歩15分　３ＬＤＫ】

【広尾駅徒歩６分・六本木駅徒歩18分　２ＳＬＤＫ】

【広尾駅徒歩10分・六本木駅徒歩13分　３ＬＤＫ】


「これって……物件？」

「うん。お世話になってる不動産屋に連絡して、同居するのによさそうな物件を見繕ってもらったんだ」

彼はそれぞれの物件の特徴とメリット・デメリットを語り、自分は三つめの物件がいいと思うのだと力説した。

私は彼の熱量に呆気《あっけ》にとられ、正直、物件の説明はほとんど頭に入らなかった。

「アキラ、仕事早すぎない？」

たった数日で契約書のドラフト版を作り、同居に向けて具体的に物件まで提示してくるとは。この話自体が流れる可能性すら加味していたのに、まさかこんなに前のめりになって話を進めてくるとは思ってもみなかった。

「ごめん。俺、せっかちすぎたかな」

「正直ちょっと戸惑ってる」

私がはっきりそう言うと、アキラはしゅんと表情を萎《しぼ》ませた。

「変化が目まぐるしいIT業界で生きているからかな。仕事でもなんでも、先延ばしにするのが好きじゃなくて。少しでも早く動かないと、先に他社にやられてしまう……っていう超競争社会だからね」

私はビジネスやIT業界のことはよくわからないけれど、きっとアキラは仕事ができる人なのだろう。だからこそ会社を作って成功できたんだと思う。

「驚いただけで嫌なわけじゃないの。面倒な作業なのに、短期間でここまでやってくれて助かる」

そう告げると、彼の萎んでいた表情に輝きが戻る。

そういえばアキラは昔から、教室では大人しいのにふたりで話せば表情豊かな少年だった。大人になってすっかりカッコよくなって、さらにお金持ちにまでなってしまったけれど、人間性はあの頃と変わっていない。そのことが、無性に嬉しい。

「じゃあ、話を続けても構わないかな?」

「うん」

「とりあえずお互いの生活圏で手頃な物件を見繕ったんだけど」

「手頃な？」

そう表現するには、どの物件もお家賃がセレブ価格すぎると思うのですが。

今の我が家（サロン含む）は１ＬＤＫだけれど、家賃はアキラが見つけてきた物件の四分の一程度だ。

「ふたりで住める自宅サロンＯＫの物件は見つからなかったんだ。だからまちこは今の自宅をサロンとして借りたまま近くに住まいを借りて俺と同居、という形でどうだろう」

アキラは私のことをよく考えて物件を探してくれたと思う。選んでくれたのがすべてうちに近い物件なのは、私がサロンに通いやすいよう考慮してくれているからに違いない。

……でも。

「今の家賃を払いながらその家賃の半分を払うのは厳しいのですが」

なにせ家賃が我が家の四倍。アキラと折半しても、我が家をもうふた部屋借りるのと同じ金額になる。家賃三倍はさすがに無理。

家賃や外観から判断するに、きっとゴージャスな物件なのだろう。せめて我が家と同じくらいのレベルの物件ならなんとか……。

「家賃のことは心配しないで。俺が払うつもりだから」

「え、やだ。そんなの対等じゃないよ」

私が即拒否すると、アキラは鳩《はと》が豆鉄砲を食ったような顔をした。嫌だと言われるとは思っていなかったようだ。

「そこは収入が多い方が払うってことでよくない？」

「よくない」

お金持ち相手にくだらないプライドだと思われるかもしれない。彼には彼の生活レベルがあることもわかっている。彼と夫婦になるのなら、彼の方の生活レベルに合わせるべきなのだろう。私の気が済まないからと言って、彼の生活のレベルを下げさせるのは無意味なわがままだ。

夫になる人が裕福なのだから、普通ならラッキーだと思うべきところなのかもしれない。でも、だからってアキラに甘えてしまうと、ヒモ化した元カレと同じになってしまう気がして嫌なのだ。

「まちこは相変わらず頑固だな」

「ごめん。アキラがそれほどリッチだって今日初めて知ったから、まだ困惑してる。一緒に新生活を始めるんだから、費用は折半したいって思ってたの」

現実的に、経済的に対等でいるのは無理だ。それはもう受け入れるしかない。

アキラは苦笑いして、いったん物件を映している画面を閉じた。そして新しくマップを立ち上げ、検索画面に文字を打ち込む。検索結果としてピンが表示されたのは、西麻布の上の方、税務署の近くにあるマンションだった。

「ここ、俺んち」

「え、うそ。うちからすごく近い」

徒歩で十分もかからないくらいの距離だ。隣町で近いとは思っていたけれど、これほどまで近所に住んでいたとは驚きだ。

「間取りは2LDK。ひとりで住むために借りたから広くはないけど、ひと部屋空けることはできる」

「あの、それってもしかして」

「新しく物件を借りるのはやめて、まちこが生活に必要なものだけ持って俺の部屋に来るのはどう？　そうすれば新生活にかかる費用はほとんど発生しないよ」

たしかに、そうすれば敷金や礼金は発生しないし、引っ越し費用もほとんどかからない。必要なものをいくつか買い足すくらいで済む。

「アキラはそれでいいの？」

今住んでいるところに私が転がり込むのだから、確実に生活のスペースが狭くなる。加えて恋仲でもない私がいきなりプライベート空間に踏み込むことになるのだ。窮屈に感じたりしないだろうか。

「俺は全然構わない。まちこはもう少し広くて水回りの設備が充実してる、サロンに近い物件がいいかなって思って探してただけだから……っていうか、逆にいいの？俺んちで」

「いやいや。外観の画像あるけど、ここ高級マンションだよね。家賃……」

「家賃はゼロです」

「いや絶対嘘じゃん」

「嘘だという証拠は？　うちのマンションは普通の物件情報には出ないから、調べようがないぞ。だからゼロ」

絶対嘘だけれど、これ以上ごねても仕方がない。うまく丸め込まれた形になってしまったけれど、ここは飲み込んでおくことにしよう。

引っ越しがなくなったので、同居開始までの手続きはとてもシンプルになった。

アキラが五月のうちに部屋を空け、六月になったら私が生活に必要なものだけ持って転がり込む。以上だ。

「結婚に向けて同居しようとしているのに、なんか、簡単すぎて拍子抜け」

もっと〝並々ならぬ覚悟〟とか〝生活が大きく変化〟とか、そういうイメージがあったのに。

私がそう言うと、アキラも「たしかに」と笑った。

「勢いでやれば案外簡単なのかもしれないな。ま、気楽に始めようよ」

「そうだね。変に気合を入れるより、自然に始める方が長続きしそう」

「だな。それじゃあ……」

アキラはタブレットをテーブルに置き、背筋を伸ばす。そして先日のように右手をこちらに差し出した。

「プロジェクトスタートってことで」

「うん。よろしくお願いします」

男性らしい彼の右手に自分の手を重ねる。きゅっと握ると、この間より温かくしっとりしていた。

私、これからアキラと一緒に暮らして、夫婦になっていくんだ。ということは、抱き合ったり、キスをしたり、それ以上のスキンシップをしたりもするようになるのだろう。恋愛感情がないのに、そういうことができるのだろうか。

「まちこ?」

なかなか手を離さない私を、アキラが訝《いぶか》る。

「あのさ、アキラ」

「うん?」

「このプロジェクトがうまくいくかどうかを見極めるために、ひとつ提案があるんだけど」

「なに?」

「キス、してみない?」

いつかなにかで読んだことがある。女の唇はとても敏感で、キスをすることによって相手がどんな人か、自分が求める人なのか、遺伝子レベルで見極めることができるらしい。

ただし私は、恋愛相手に恵まれなかったこともあって、自分に見極められるほどの能力はほとんどないと思っている。だけど今までと同じかそうでないかくらいはわかると思うのだ。

今までの人とはうまくいかなかった。もしアキラとのキスが今までと違ったら、それは彼とならうまくいくということかもしれない。それを試してみたい。

「えっ……」

アキラは露骨に動揺した。チクリと胸が痛む。

「ごめん。その気になれないならいいの」

ちょっとショックだけれど、恋愛感情があるわけではないから当然だ。だから別に、傷つくようなことじゃない。

「違う！　そうじゃなくて、驚いただけ」

アキラが慌ててフォローしてくれる。私がうっかりショックを顔に出してしまっていたのかもしれない。

「気を遣わなくていいよ。私たち、そういう関係じゃないんだし。ほんと、ただの興味本位だし。そういうのはお互いがその気になってからって決めたもんね」

強がりでつい早口になる。自覚して虚《むな》しくなってきた。

「ほんとに違うんだって。俺もしたいと思ってたし！」

「へ？」

思わず変な声を出してしまった。アキラは照れを含んだ真顔で私を見つめている。

「いいの？　キスしても。ほんとにするよ？」

丸っこくて優しげな目に、意思と情欲が感じられる。

アキラってこんな顔もするんだ。十代の頃はもっとクールだったのに。

この個室の豪華な調度品とムーディーな照明のせいか、アキラの髪も肌も唇もキラキラして見える。唇の艶に目が行くと、もうその感触への興味を捨てることはできない。

「私からしようって言ったんだよ？」

アキラがぎゅっと眉を寄せ、立ち上がった。手を握ったままの私も釣られるように腰を上げる。座っていた時より距離が近くなって、緊張とときめきともとれるビリビリした感覚が、胸から首、顔、耳へとぶわっと広がった。

アキラが私の腰に腕を回し、体の距離がゼロになる。ヒールを履いているので顔の距離も近い。

アキラの顔が少しだけ傾いて近づいてくる。

あ、キス、来る。

そう思って目を瞑《つむ》った時には、もう唇が触れ合っていた。

「んぅ……」

喉から小さく声をあげてしまったのは不可抗力だった。触れ合った瞬間。得も言われぬ感覚に襲われて、反応せずにはいられなかったのだ。

アキラのつるんとした唇が、一回、二回、三回と私の唇を食《は》む。私はそのたびに小さく体を震わせ、また小さく声を漏らした。

大人になってカッコよくなった彼と再会して以来、私は依ヶ浜にいた頃の彼の面影を探しながら接していたような気がする。アキラは見た目こそ都会的なハイスペックイケメンになってしまったけれど、中身はきっとあの頃の素朴なアキラのままだと思い込もうとしていたんだと思う。

でも違った。全然違った。アキラはいくつもの恋を乗り越えて成熟した大人の男性だ。そうでなければ、こんな色っぽいキスができるはずない。

唇が離れる。顔が熱い。鼓動が激しくなっている。自分が彼にしがみつくように抱きついていることに、今気づいた。

「ヤバい。ドキドキしてる」

照れ隠しでおどけたように言うと、アキラはクスッと笑った。

「俺もだよ」

彼に主導権を握られている感じが悔しい。中学の頃は私の方がグイグイ話しかけていたのに。

「私たち、契約結婚を目指しているわりには、夫婦らしい夫婦になれるかもね」

「うん。俺もそう思う」

こなれた感を演出しながら告げた言葉に、アキラは色っぽい顔のままサラッとそう答えた。

もしかしたら彼には敵《かな》わないかもしれないと、この時初めて思った。

キスの余韻を残したままレストランを出て、各々呼んでもらっていたタクシーに乗って解散した。方向が同じなのだから一緒に乗ろうと言ったのだけど、アキラは寄りたい場所があると言って別の車に乗った。

検証結果。アキラとのキスはこれまでの人たちと全然違った。

これまでとは比べ物にならないくらいときめきと幸福感があった。それと同時に大量の恋愛ホルモンが全身を巡り、理性が崩壊していく感覚がした。

いけない。私、チンパンジーになりかけている。

――ペシッ
タクシーの中、私は自分の手で自分の両頬を叩《たた》いた。

ダメダメ、しっかりしなくちゃ。私たちは理性的な結婚のためにパートナーを組んだばかり。たかだかキスで理性を失うなんて浅ましい。こんなの、アキラへの裏切り行為だ。

車が西麻布の交差点で左折。すぐそこの細い道を上ったところにアキラの住む——近々私も暮らすマンションがある。

私は自分の気を引き締めるように、誰に見られるともなく背筋を伸ばした。

◆

◆

まちこをタクシーに乗せ見送ったあと、俺は別のタクシーに乗り込み運転手に告げた。

「愛宕《あたご》神社の出世の石段前までお願いします」

運転手は「かしこまりました」と告げ、俺がシートベルトを装着したのを確認したところで発車。

気持ちを落ち着かせるため、大きく息を吸いゆっくりと吐き出した。体内に残っている興奮の熱がわずかに抜ける。

まちこがかわいすぎてヤバい。キスを求められた時は頭が真っ白になってしまった。俺はあの時、必死に理性を手繰り寄せ、可能な限りカッコつけて、クールを装いキスをした。いかにもこなれた風に、大人びてはいるけれどディープにはならない程度の、ライトだけど密着度の高いキス。本能が求めるままに触れてしまいそうになるのを必死に我慢した。しかしその結果、心と体がその気になってしまい、それをありったけの理性で封じ込めるという最高にしんどい状態に見舞われる結果となった。

ムラムラしていたなんて、まちこに悟られてはいけない。俺たちはあくまで〝理性的で理想的な契約結婚〟を目指すパートナーだ。

「そんなの俺にでききんのかよ……」

とにかくこの煩悩《ぼんのう》だらけの頭をなんとかしよう。そう思って神社へと向かっている。己を律しなければ、まちこの夫は務まらない。今の俺はほぼ獣。いつかのまちこの言葉を借りるならチンパンジーだ。人であり続けるために修行を積まなければ。

俺はもう一度深呼吸をして、また少し熱を吐き出した。

間もなくタクシーは目的地に到着。電子マネーで運賃を支払い、車を降りた。

二十三区内で最も高い天然山である愛宕山。その頂上にある愛宕神社。そこへ上るために設けられている長くてとても急な石段は「出世の石段」と呼ばれ、ちょっとした有名スポットだ。この石段を一度も休むことなく上りきるとご利益があると言われている。今の煩悩まみれの俺にはベストな修行場所だ。

お辞儀をして鳥居をくぐり、石段のふもとへ。多少の照明があるとはいえ、聳《そび》え立《た》つように急な石段はなかなか恐ろしい雰囲気がある。足を滑らせたりすればタダでは済まないだろう。

「……よし！」

俺は気合を入れ、背負っているリュックのショルダーストラップの位置を調整。暗くて見えない頂上を睨みつけ、石段を踏みしめた。

我が社こと株式会社ディアスタンダード、通称ディアスタでは、出勤時の服装は自由だ。俺はたいていTシャツにジョガーパンツという、軽い運動ができそうなほどラフな服装でいることが多い。

我々のようにパソコンに長時間かじりつく仕事をしていると、体が凝り固まりやすい。健康のためにもラクな服装で働ける方がいいだろう。だから社員にもそのようにしてもらうことにしている。

自由とはいえ、ふたつだけルールがある。

ひとつめはＴＰＯを弁《わきま》えること。顕要なクライアントや客人を迎える時はジャケットを羽織るし、必要な場面ではフォーマルなスーツも着る。社員の私物を入れるためのロッカーを設置しているが、俺を含め、そこにジャケットを掛けている者も多い。

ふたつめは通勤時のサンダル禁止。以前は完全に自由としていたのだが、通勤時に満員電車で足を踏まれて軽傷を負った人が立て続けに出たため、ルール設定をするに至った。なお、オフィス内は土足禁止（室内用スリッパ可）としている。

せっかくうちに入社してくれた社員たちには、安全で快適に働いてほしい。そのための制度や仕組みを作るのも、社長である俺の仕事であると思っている。

翌朝、俺はいつもより三十分遅く出社した。

「おはようございます、社長」

靴を脱ぎ社長室へ向かっていると、秘書のようなことをしてもらっている部下、夏《なつ》目《め》莉《り》里《り》が声をかけてきた。

彼女は二十六歳の女性で、いつもフェミニンな格好をしている。鎖骨にかかるくらいの茶髪は日替わりでアレンジされていて、男の俺にはあまりよくわからないけれどメイクも上手いらしい。

ふんわりした見た目に反して気が強く、仕事ができて、社長の俺にもハッキリとものを言う。そういうところを見込んで、秘書——というより細かい事務作業や時間の管理が苦手な俺の世話係を頼んでいるというわけだ。

「おはよう夏目」

「いつも早いのに今日は珍しく始業ギリギリですね。それになんだか、動きがおかしいような」

「うん。ちょっと、筋肉痛で」

情けない話だが、昨夜出世の石段を二往復したところ、下半身が重度の筋肉痛になってしまった。階段を上ったり下りたりしている時は、息が上がり足が少し張るくらいだった。二往復したあとも運動後の心地よい疲労感があって、むしろ爽やかな気持ちだった。

ところが、だ。ぐっすりと眠って目覚めてみたら、こんなことになっていた。

多少は覚悟していたけれど、まさかここまで酷《ひど》いことになるとは。一往復でやめておけばよかったのだが、一往復では頭の中の煩悩を捨てきれなかった。

俺は一応、週に三回自宅で筋トレをしている。しかし最近は下半身のトレーニングを疎《おろそ》かにしていた。まったく体は正直だ。

「それでそんな歩き方なのかよ。だっせぇ！」

ゲラゲラ笑いながら割り込んできたのは、専務を勤めてもらっている竹下健二《たけしたけんじ》。ケンジとは大学時代からの友人であり、起業して間もない頃からこの会社を手伝ってくれているオリジナルメンバーでもある。

コミュ力の高いケンジには、主にクライアントや銀行とのアレコレをお願いしている。毎日来客の相手をしているため、俺とは違っていつもスーツを着ている。

「うるさい……いててて」

あえて狭めに作った四畳半ほどの社長室に入り、自分のデスクの椅子に座る。たったそれだけで太ももとふくらはぎが悲鳴をあげる。

「あれ？　社長、昨夜はどなたかとお食事だったはずですよね？　筋肉痛って、いったいなにをしたんですか？」

昨夜のレストランを紹介してくれたのはこの夏目だ。彼女は学生時代からいわゆる〝港区《みなとく》女子〟として生きているそうで、特に六本木や麻布十番の高級飲食店事情に明るい。

「ちょっと、修行をね」

俺がそう答えると、ケンジと夏目は不思議そうに首を傾《かし》げた。ムラムラを発散させるために石段を二往復したとは、さすがに言わない。

「あ、ふたりには伝えておこうと思うんだけど。俺、近々結婚するかも」

リュックからタブレットを出しながらそう告げると、ふたりはものすごい勢いでこちらに身を乗り出してきた。

「はぁっ？」

ケンジと夏目の声がピッタリと重なった。常日頃から思っていたが、このふたりは本当に息が合っている。

「ちょっと待て。アキラ、彼女いたっけ？」

「いなかったけど、できた」

歯切れの悪い返答になってしまった。一応付き合っているということでいいんだよな？　まだ仮ではあるけれど、婚約しているわけだし。

「その女、大丈夫か？　騙《だま》されてるんじゃないか？」

「そうですよ！　身辺調査、した方がいいです！」

ふたりが心配してくれているのはわかるが、まちこを悪く言われているようでちょっと腹立たしい。

「大丈夫だって。中学の同級生で、昔からの知り合いだよ。身元はよく知ってる」

「おまえまさか、この間の同窓会で……？」

「そうそう。同窓会で再会したんだ」

ケンジは信じられないというように口元を引きつらせる。

「入籍はいつの予定ですか？」

「別に今すぐ入籍ってわけじゃないよ。早くても秋頃になるんじゃないかな」

「そんなのすぐですよ」

夏目も珍しくムキになっている。俺が結婚するのがよっぽど不安なのだろう。ふたりにはいつも「女の趣味が悪い」と注意されてきたので、仕方がない。

俺はふたりを安心させるつもりで、まちこの人となり、そして恋愛結婚ではなく契約結婚をするつもりであることなどを話した。しかしふたりの反応は変わらず懐疑的。特に離婚経験のあるケンジは「契約って……」と眉間にシワを寄せ、余計に呆れたような顔になってしまった。

「連休明けてすぐに顧問弁護士に電話してたの、それだったのか」

「うん。あ、もちろん依頼料は個人で支払ったよ」

「そんなことはどうでもいい。まったく、こういう時まで無駄に仕事が早いよな」

「無駄かなぁ？」

未婚の夏目は「広尾で自宅サロンをやっている」という情報に食いつき、手持ちのタブレットで検索してクチコミを読み漁っている。

「うわ、めっちゃ評価高い……けど、だからって安心できません」

「どうして？」

「社長に女を見る目がないからです」

ここでタイミングよく、デスクに置いていた俺のスマートフォンが震えた。同時にメッセージアプリのポップアップが表示される。

【久しぶり。最近見かけないけど、元気にしてる？】

加工で盛り盛りの顔写真のアイコンと、明らかに女性の名前。夏目の表情が一気に氷点下まで下がる。

……しまった。ミュートにするの忘れてた。

「何度も言いますけど、社長は港区女子にとって恰好《かっこう》のカモなんです」

「彼女は渋谷《しぶや》区民だよ？」

俺が口答えすると、夏目はデスクをバン！　と叩いた。彼女を怒らせると怖い。

港区女子が港区に住んでいる女子という意味でないことは承知しているが、今は冗談も受け付けてもらえないようだ。

「社長という肩書きにお金の匂いを感じ取って、ＡＴＭにするつもりで近づいてきた女性を何人も見てきましたよね？」

「はい……すみません……」

夏目の言ったことは本当で、俺は何度も金目当ての女性に引っかかった。

経営が苦しかった頃に付き合っていた女性には「は？　貧乏社長とか付き合う意味ないし」と振られたし、経営が安定してからは……ああ、思い出したくもない。

今メッセージを送ってきた女性は、男ばかりの経営者の集まりに花を添えようと誰かが連れてきた港区女子で、十代の頃のまちこに雰囲気が似ていたので気まぐれに連絡先を交換した。以降同じメンツの集まりで何度か顔を合わせたがそれも数ヶ月前が最後で、個人的に会ったことはない。

夏目は俺を諭すように続ける。

「いいですか？　社長は女を見る目がないうえに、チョロいんです」

散々な言われようだが、ぐうの音も出ない。

俺は報われなかった初恋を引きずって、まちこの代わりを求めているだけだった。

まちこのような誰かだったら、きっと誰でもよかった。

でも今は違う。相手はまちこ本人だ。自分の夢に向かって猪突猛進、大人に怒られても信念を曲げなかった、強くてまっすぐなあのまちこ本人なのだ。

「先月社長が薦めてくれたビジネス書にも書いてありましたよね？　パートナー選びに失敗するのが人生においていちばん損失が大きいって」

「あ、それ俺も読んだよ。ほんとそれな！　って思ったわ」

ケンジまで加勢するので俺はますます劣勢に。結婚するのにふたりの許可がいるわけではないけれど、信頼を寄せているこのふたりには祝福してもらいたい。

「そんなに危ない橋を渡ろうとしてんのかなぁ、俺」

再会したばかりのまちこを過信している自覚はある。だが、確信に近い直感もある。まちこは尊敬すべき素晴らしい女性だ。問題はむしろ俺の方。まちこの理想通り、理性的に振る舞える自信がない。

「恋愛でも契約でもいいんですけど、結婚するなら社長のことを尊敬していて、よく理解していて、うまく扱える人がいいと思いますよ！」

夏目の言葉に、俺は首を傾げた。

「お互いの理解や扱いなんて、一緒に過ごす中で培っていくんじゃないの？」

それにまちこは、俺が地味でダサかった中学の頃から俺をカッコいい男子として扱ってくれている。悪い女に散々いいようにされてきたので、これ以上の扱いはないような気がするのだが。

「……そうですね！　じゃあ私、朝礼の準備してきます！」

夏目はなぜか拗《す》ねたような顔でそう吐きつけ、社長室を出ていった。

「え、俺なんか怒らせるようなこと言った？」

わけがわからず尋ねると、ケンジは肩をすくめて答える。

「怒らせることはなにも」

「だよなぁ」

「ただちょっと、アキラは鈍感だからな」

「え？」

「いや、なんでもない」

ケンジは苦笑いを浮かべ、夏目を追うように部屋を出ていった。

静かになった社長室で体を伸ばす。筋肉痛があと数日は続きそうだ。

ver.3.0　試験的同棲生活

◆

少しだけ昔話をしようと思う。

中学時代に簡単なプログラミングを覚えクイズゲームを作れるようにまでなった俺は、高校でさらなる進化を遂げた。

残念なことに俺が進学した高校にはパソコン部がなく、学校で公式にプログラミングを勉強できる環境はなかった。それでも自分のプログラミング技術を磨きたかった俺は部活に所属するのをやめ、授業が終わったらまっすぐ家に帰り、高校の入学祝いに買ってもらった自分のパソコンにコードを打ち込む日々を送った。

高校は大学進学率九割を超える進学校だったので、一年の時から勉強がとても大変だった。学校の勉強とプログラミングの勉強を両立するのは難しかったのだけれど、俺はある秘策を思いつき、両立を成功させた。

その秘策とは、学校の勉強にまつわるクイズゲームをウェブ上に自作することだ。

中学の時に作成したクイズゲームをもとに、出題内容を高校の勉強——たとえば英単語や古典単語、歴史用語、化学式などにしたウェブテストを作成。プログラミング言語と同時に学校の勉強の内容も入力する必要があるので、どちらにおいても勉強になった。

当時はスマートフォンではなくガラケーの時代だったので、モバイルブラウザの規格で設計。HTMLやJavaを駆使して、見栄えはいまいちだが内容はまあまあ充実したテストサイトが作れた。

ある程度形になってからは毎日コツコツテストのデータを増やし、機能を拡充させ、デザインもより見栄えよくアップデート。勉強がてら自分でクイズを解きながら動作を確認し、バグを見つけてはそれを直すデバッグの作業に没頭する。

作業はとても地味だ。休みの日も友達と遊んだりせずずっとパソコンにかじりついていたし、酷い肩こりや眼精疲労で頻繁にダウンしていたので、家族には「もうやめろ」なんて言われることもあった。

しかし俺は、自分の手で自分の思った通りのものを作れるようになりたかった。打ち込んだコードが思い通りに作動した時の快感は病みつきで、コーディングに成功するたびに絶対にこの道のプロとして生きていくのだと確信した。

「ええっ！　こんなの自分で作れるの？　アキラ超すごいじゃん！」

ある日の帰り道、バスに乗り合わせたまちこにテストサイトを見せると、彼女は大げさなくらいに俺とサイトを褒めてくれた。

「そうかな」

俺の作ったものなんかまだまだで、世の中にはもっとすごいサイトやサービスを作っている人がたくさんいる。

「本当にすごいよ。これ、広告とか貼って学校の人たちに使ってもらったら、お金稼げるんじゃない？」

まちこは商業高校に通っていたこともあって、「得意なことを商売にする」という感覚を当たり前に持っていた。

「その発想はなかった」

そういう稼ぎ方があること自体は知っていたけど、個人的な趣味で作ったものを一般公開しようと思ったことはなかったのだ。

個人が作った半端なサイトなのに、そんなことをしていいのだろうか。

そんな気持ちを漏らすと、まちこは「なに言ってんの」と笑って俺の背を叩いた。

「携帯で勉強できるとか最高じゃん！　こんなの、自分ひとりで使うのはもったいないよ。アキラの学校の人とか、他の進学校の人とか、きっとこういうのを求めてる。広告を付けるかどうかはいったん置いておいて、絶対みんなに紹介するべきだよ」

「そんなこと、俺にできるのかな?」

「アキラなら絶対にできる!」

まちこに背中を押されその気になった俺は、広告OKのホームページサービスにサイトを移行し、私立大学や予備校などを商材として扱っているアフィリエイトサービスに登録した。……ちょっとエッチな広告もこっそり忍ばせたのだけれど、それは口に出すことではないだろう。

広告込みのテストサイトを完成させた俺は、まずはクラスの人たちや友人にサイトを宣伝した。するとたちまち学年に広まり、学校に広まり、次第に他の高校にも広まった。一日に何万もアクセスされるようになってからは、県外の人の利用もたくさん確認できた。俺が作ったテストサイトは、素人感のある出来ながら、想像を大幅に上回る人気サイトになったのだ。

定期考査に近い時期はアクセスが集中し、一時的にサーバーがダウンしたことも。利用するホームページサービスを増やし教科ごとに分散するなどして解決することはできたが、俺自身はまったくテストの勉強ができず、成績が散々だった。その時は母に怒られて、パソコンを取り上げられそうになった。危なかった。

しかしこの頃には、母のパート代よりも多く広告収入を得られるようになっていた。

俺は東京の某有名私立大学（ただし志望学部のキャンパスは神奈川県内）への進学を希望していたのだが、両親は実家から通える国公立大学への進学を望んでいた。両親を説得することができたのは、受験や入学にかかる費用を自分で稼ぐことができたからだと思っている。もちろん、大学や予備校の広告よりエロ広告の方の収益が多かったのは内緒だが。

あの大学に行かなければ起業することもなかったかもしれない。

今の自分があるのは、当時まちこが俺をその気にさせてくれたから。

まちこは俺にとって、自尊心や承認欲を満たし新たな世界へ背中を押してくれる、勝利の女神だ。


五月最後の日曜日。まちこがキャリーケースひとつだけを持って俺の部屋へと越してきた。理性的で理想的な契約結婚を目指す、同居生活のスタートだ。

俺が暮らしているのは、セキュリティーとプライバシー保護を重視した五階建てのマンション。今流行りのタワーマンションと違って塀や樹木に隠れる下の階ほどグレードが高く、部屋も広い。

主な住人はパパラッチに追われやすい芸能人や政治家、そして俺のようなたまたまこういうところに住まざるを得なくなった成金だ。

このマンションはセキュリティーが万全な分、ちょっと面倒くさい。同居人として住人登録するには名義人同席のうえコンシェルジュと面談する必要がある。事前に身分証を添えた住人登録申請書を提出するのだが、簡単な審査があり、犯罪歴があると通らないこともあるらしい。当然まちこは難なく通過した。

また、うちのマンションは自宅に入るまでに三つもロックを解除しなければならない。そのロックを解除するためのキー類は、入居面談時、契約書に同居人本人の実印を押して初めて受け取ることができる。契約上、俺が個人的に貸すことはできない。

「ほぼ身ひとつでの引っ越しなのに、鍵をもらえるまでがこんなに面倒だとは思わなかった……」

「ごめん。その代わりセキュリティーは万全だから」

「お金持ちも大変だねぇ」

呆れたように告げる彼女に苦笑いを見せる。まちこの言ったことは正しい。人より多く金を持つと、楽になる部分はあるが面倒も増える。

まちこは俺がいわゆる富裕層に属していることを、嫌がってはいないものの喜ばしくも思っていない。俺に言い寄ってくる港区女子たちと違って、俺の金にもコネにも興味がなさそうだ。

そのことがどれだけ俺を安心させているか、無自覚な彼女は気づきもしないだろう。

俺が暮らしているのは三階の真ん中の部屋だ。２ＬＤＫで広さは六十平米ちょっと。ひと部屋片づけ、まちこの部屋を作った。部屋を空けるためにレンタル倉庫を借りたと言えばまた「払う」と言いだしそうなので、それは黙っておく。

「すごい。部屋がおしゃれ」

「だろ？　俺がコーディネートしたわけではないけどね」

このマンションは大まかなインテリアがプロの手によってコーディネートされた状態で借りられる。その分家賃が割高になっているのかもしれないが、自分で揃えるガッツもセンスもない俺のような面倒くさがりには大変ありがたいシステムだ。

まちこの部屋には、アーティスティックな絵画、真っ白なシーツのダブルベッド、ベッドの木枠と同じ木材のサイドチェストとベッドライト、様々な色合いに調光できる今風のシャンデリアなどが備え付けられている。

「家具付きって本当だったんだ」

「嘘だと思ってたの？」

「またお金を出す出さないで揉めるのが面倒で、適当に言ったんだと思ってた」

まちこの推測は半分正解だ。ベッドが備え付けられていたのはこの部屋だけで、もともとは俺が寝室として使っていた。

俺はもうひとつの部屋で寝ることにしたので、このたび新しくベッドを入れた。それがバレるとまちこが「私もお金を出す」と言いかねないので、これも黙っておく。

俺の方の部屋は収納は多いけれど殺風景で、もともとは書斎兼筋トレルームとして使っていた。備え付けの家具は照明くらいで絵画などはないし、照明もおしゃれなものではあるが、寝室ほどの華やかさはない。

まちこにはおしゃれな部屋で暮らしてほしい。備え付けのベッドも最高に気持ちがいいし、光もよく入る。心地いい部屋で、俺との生活が快適だと思ってもらいたい。

いよいよこれからまちことふたりの生活が始まる。結婚に向けて、お互いの距離を縮めるための同居だ。

俺は理性を保てるだろうか。もうこんなに恋愛感情を持て余しているのに。

「あのさ、まちこ」

「なに？」

「同居開始の記念に、今夜はどこかいいところで――」

一緒に飯でも食おう、と言いたかったのだけれど。まちこのスマートフォンが鳴りはじめて、俺の言葉は遮られた。

「あ、ごめん。お客さんだから、出るね」

「うん」

――二分後。

「アキラ、ごめん。急きょ施術が入っちゃった」

「え、今日は引っ越しのために午後を空けたんじゃ……」

「その子、まだ駆け出しのモデルでね。明日の撮影に代打で呼ばれたって。結構有名な雑誌ですごく大きなチャンスだから、一〇〇%の状態で送り出さなきゃ」

まちこはキャリーケースを適当なところに置いて、財布とスマートフォン、そして受け取ったばかりのキー類だけを入れた小さなバッグを持って、バタバタと玄関に向かう。

「じゃあ私、行ってくる。ごめんね。ご飯はまた今度」

「いってらっしゃい……」

遮音効果の高いドアが閉まり、家の中が一気に静かになる。俺は数秒間、ポカンと口を開けて玄関に突っ立っていた。

まちこが電話を切ってから家を出ていくまで、三十秒もかからなかった。俺との食事を天秤にかけることさえせずに客を選んだ。

融通の利く個人サロンとしてやっているのだ。しかも相手は人生がかかっている駆け出しモデル。ただ一緒に暮らすだけの俺ではなく客を選ぶのは当然だ。俺がまちこでもそうするだろう。

……でも。

天秤にかけるくらいしてくれてもいいんじゃないか？

「仕事に行ってもいい？」と聞くくらいしてくれてもいいんじゃないか？

まちこにとって俺の価値が客よりずっと下にあるのだと見せつけられたようで、ちょっと切ない。

「女々しいな、俺」

その場にしゃがみ込み、髪をクシャッと掴《つか》む。部屋にはまちこの香水のにおいがまだ少しだけ残っている。

この日、まちこはさらに二件ほど急な仕事を受けたそうで、帰ってきたのは深夜になってからだった。

六月に入り、雨が降らない日はずいぶん夏らしい天気になってきた。

まちこと同居を始めて一週間ちょっと。

最初の数日は「家にまちこがいる！」とドキドキしながら生活していた。もっと親密になりたいという気持ちがあるし、下心もなくはない。結婚するつもりで一緒に生活するのだから、男女としての関係の進展は意識するに決まっている。

風呂上がりや寝起きの彼女との遭遇を想像しては、十代の頃のようにソワソワしていた……のだが。

一緒に住んでいるはずなのに、まちこに会えない。

最初の数日は意味がわからなかった。

俺は平日は朝六時半に起きて七時半に家を出る。夜はなにも予定がなければ十九時過ぎに帰宅する。会食やトラブルで遅くなることもあるが、それでも二十二時くらいには帰れる。それから自由な時間を過ごして、床に就くのが二十三時。

数年前に一度体を壊して以来、俺はこの健康的な早寝早起きを徹底している。もちろん、連休を楽しむ時は夜更かしをすることもあるが。

同居を始めて以来、まちこは俺の起きている時間に帰宅したことがない。俺が家を出る時間は自分の部屋でぐっすり眠っている。

翌朝キッチンに食事をした痕跡があったり、風呂や洗面台に置いてある物が動いていたり、洗濯カゴに衣類が入っていたりするから、かろうじて存在は感じられる。

でも、会って話すことができないのだ。

「同居っていったいなんだろう……」

ここまで生活リズムが合わないとは思わなかった。

まちこの生活は仕事中心で、仕事は客の予約次第なのでかなり不規則だ……と、事前に聞いてはいた。帰りが深夜になることがあるのも承知していた。しかし、帰りが深夜になるのはせいぜい週に一、二回程度だろうと勝手に高を括《くく》っていた。まさかほぼ毎日俺の就寝時刻を過ぎる生活をしているとは。

【昨夜は何時に帰ってきたの?】

昼休みにこんなメッセージを送ることが日課になりつつある。

まちこは当たり前のように【一時くらいかな】【昨夜は日付が変わる前に帰れたよ】と返信してくる。俺と会えていないことには、なにも感じていないようだ。

治安のいい地域とはいえ、毎日ひとりで夜道を歩かせることに罪悪感がある。

【迎えにいこうか?】

そう打ち込んで、送るのをやめた。

それをしてしまうと、築き上げてきた規則的で健康的な生活を崩してしまうことになる。生活を崩せば仕事の生産効率を落とすことになる。

俺は会社で〝生産性を極限まで高めること〟について、社員に徹底的に指導をしている。毎朝朝礼時に生産性を上げるためのルーティンを社員全員で行っているし、社員を生産性によって評価するシステムも確立した。

生産性！　生産性！　とバカのひとつ覚えのように喚いている俺が、プライベートのために睡眠時間や規則的な生活を犠牲にして、勤務時間中のパフォーマンスを落とすなんてことが、絶対にあってはならない。

だからまちこが仕事をセーブして、もっと早く帰ってきてくれればいいのに。

そう思ってしまうのは、俺のわがままなのだろうか。


ある朝のこと。

いつもの時間に目を覚まし、寝癖を直すためシャワーを浴びようと風呂場の方へ向かうと、洗面化粧台でまちこが歯を磨いていた。

「あ、アキラ。おはよう」

「おはよう。今日は早いな」

いつもなら眠っている時間だが、すでに着替えとメイクを済ませている。

久しぶりに顔を見て話せた喜びと同時に、嫌な予感が胸をかすめる。

「うん。朝の七時から予約が入ってるの」

「七時？　早過ぎない？」

「キャリアウーマンのお客さんが、出勤前に施術してほしいって」

昨夜も帰りは遅かったはずなのに、今朝こんなに早くから施術するのか？　まともに睡眠が取れているわけがない。顔が疲れているように見えるのは気のせいではないはずだ。

「……あのさ、まちこ」

「なに？」

「ずっと思ってたんだけど、もっと早く帰れないの？　休みもまともに取ってないよね？」

少なくとも同居を始めてからは、一度も休日を取っていない。

まちこは「あはは」と力なく笑った。

「たしかにここ最近は休みが取れてないけど……」

毎日帰りは深夜で、早朝に出勤することもあり、休みもない。こんな生活を続けていたら、いつまちこが倒れるかわかったもんじゃない。

そんなことになったら、俺は……。ああ、ダメだ。想像したくもない。

「頼むから、体は大切にしてくれよ！」

心配の度合いが理性を突破して、つい大きな声を出してしまった。でも、間違ったことは言ってない。

まちこは一瞬怯《ひる》んだような顔をしたけれど、すぐに整った眉を吊《つ》り上《あ》げた。

「私のサロンはとにかく融通が利くことが最大の売りなの。お客様の期待は裏切れない」

「だからって……」

客のために自分の健康を犠牲にするなんてダメだ。まちこ本人がよくても、俺が嫌だ。

「お互いの仕事には口出ししない約束でしょう？」

「それはそうだけど、まちこは度を越してるよ！　俺がいるんだし、もう少し仕事を減らしたって生活は……」

――バン！

まちこが浴室のドアを叩き、やけに大きな音が響いた。強く握られている拳から怒りが感じられる。しまった、と思ってももう遅い。

「私の仕事をバカにしないで！」

「そういうつもりで言ったわけじゃ……」

ないけれど、俺が稼いでいるのだからまちこはそんなに頑張らなくていいという意味で言ったことは確かだった。バカにしたと思われても仕方がない。

でも謝りたくはない。まちこには生活を改めてほしい。

俺たちは数秒間睨み合い、先にまちこが目を逸らした。

「お客さん来るから、もう行く」

まちこは冷たい表情で俺の横をすり抜け、いったんバッグを取りに部屋に入り、なにも言わずに家を出ていった。

俺も腹が立っていたので見送りはしなかったが、鍵が開いたままなので施錠のために玄関へ向かう。

「……多忙な夫を持つ妻って、こんな気持ちなのかな」

俺はどちらかといえば、待たせる夫の側だと思っていたのに。

扉を施錠して、モヤモヤした気持ちで浴室の方へ戻る。浴室内は先にシャワーを浴びたまちこの、高そうなシャンプーのいい香りがしていた。

あれから一週間が経過した。

ケンカらしいことをして以来、まちことは一切顔を合わせていない。相変わらず俺が寝る前に帰ってはこないし、朝に洗面台の前で会うこともなかった。

食事をした痕跡や洗濯カゴの衣類を見る程度では満足できなくなってきた俺は、毎朝出勤前にこっそりまちこの部屋の扉を開き、彼女がベッドで寝息を立てているのを確認している。まちこの寝息は怖いくらいに静かで、部屋の中に入って確認したい衝動に駆られるのだけれど、そこまですると彼女が嫌がるだろうと思い、我慢している。

ケンカする前の休日には家の中で顔を合わせ、まちこの出勤前に一緒にコーヒーを飲んだ。それなのに、この間の休日は俺が起きた時にはもう出かけていて、眠るまでの間に帰ってくることはなかった。土曜と日曜、どっちともだ。

こんなのおかしい。絶対におかしい。

いや、朝から夜中まで客の予約が入っていた可能性はある。まちこのサロンは人気で客足が途絶えない。

だけど……こんなの、俺を避けているとしか思えない。

「そういう状況なら、避けられてると考えるのが妥当だろうな」

会社でケンジに相談してみたら、こんな言葉が返ってきた。

「そうだよなぁ」

たまたまだろ、という答えを期待していた俺はバカだ。

「このまま出ていかれて結婚がなくなったらどうしよう……俺、立ち直れないかも」

「話を聞いてる限り、完全にアキラの片想いだもんな」

ケンジの言葉が胸にグサッと刺さる。

俺の片想いだと、わかってはいる。まちこにとって俺はただの中学の同級生で、望んでいる特殊な結婚を受け入れた都合のよさ以外に、俺を選ぶ理由はない。

だけど俺にとってまちこは、初恋の相手であり、成功の女神だ。そのうえまた惚《ほ》れている。俺の方には一緒にいたい理由がてんこ盛りだ。

「とにかく話し合え。時間は作れ。夫婦は話し合えなくなったら終わるぞ」

「離婚経験者のその言葉は重いな」

「そうだろ。聞いておいて損はないぞ。とにかくすぐにでも時間を作れ。彼女の帰りが遅いなら、もうおまえが睡眠時間を削るしかない」

「そうだな。そうするよ」

ただでさえモヤモヤして仕事の効率が低下している。このままでは生産性が落ちる一方だ。社員に顔向けできなくなる。

これ以上自分のパフォーマンスを落とさないためにも、勝負は今日だ。

まちこが帰宅するまで起きて待つことにしよう。

……ふと目覚めて、自分が眠ってしまっていたことに気づいた。まちこを待っていたが、帰ってくる前に眠ってしまっていたらしい。

カーテンの隙間から光が漏れている。すでに朝を迎えているようだ。起きて待っているという作戦は、あえなく失敗に終わった。

まあいい。また今夜待つことにしよう。

「何時だ……？」

スマートフォンで時刻を見ると、午前六時を回った頃だった。

まちこを待ちながら、横になって動画を見ている途中で眠ってしまった。布団をかけずに寝ていたから体が冷えている。いつもは寝癖を直す程度にしか浴びないが、今日はちょっと長めにシャワーを浴びて体を温めよう。

俺は体を起こし、ベッドの上で少し体を動かしてから浴室に向かう。まちこの部屋は浴室までの途中にある。俺はドアノブを握り、静かに扉を開けた。廊下の光でまちこを起こしてしまってはいけないので、開くのは十センチ程度。

扉を開けた瞬間、光を感じた。

おかしい。まちこはいつもしっかりカーテンを閉めて眠っている。部屋がこんなに明るいはずがない。

「まちこ！」

彼女を呼びながら、扉を大きく開いた。誰もいないおしゃれな部屋に、俺の声が虚しく響く。

「まちこ？」

浴室、玄関、トイレ、リビング、キッチン。走り回るようにまちこを探す。

どこにもいない。靴もない。いつもの小さなバッグもない。

俺は自分の部屋に戻り、充電ケーブルを挿したままスマートフォンでまちこに発信。

しかし、出ない。

ふと思い出して、昨夜送った【今日は何時頃に帰る？】というメッセージを確認した。既読すらついていない。

「まさか、出ていった……？」

心臓がバクバク鳴っている。冷汗がこめかみを伝い、視界がグルグル回り始めた。

まちこが好きだ。夢に向かって努力する過去のまちこも、自信とプライドを持って仕事をしている今のまちこも。彼女のやりたいことを応援したい。俺が支えたい。それ以上に、そばにいたい。

彼女が望むなら、そばにいてくれるなら、契約結婚でもなんでもいい。

もしかしたらまちこは、俺の恋愛感情や下心に気づいて逃げたのかもしれない。

そう思い至った瞬間、俺は崩れ落ちるようにその場にへたり込んだ。

◇　◇

私は広尾と呼ばれる地域の中でも、外苑西通《がいえんにしどお》りにほど近いところにある、築年数の長い庶民的なマンションにサロンを構えている。

なんといっても広尾だし、付近は西麻布、元麻布の超高級住宅街。常連のお客様の多くはそういった住宅街で暮らしており、とても裕福で、忙しい。

また、この辺りは急な坂が多く、前述の超高級住宅街はいずれも傾斜の多いエリアにある。高いところにある住宅ほど値段も高いと言われているのだけれど、私の新しい住まいはなんと、西麻布の中でも頂上といえる場所にあるマンションだ。

その造りはまるで要塞のよう。地上五階建て（地下に駐車場有り）なのだが、塀や背の高い樹木でがっちり囲まれていて、外からはエントランスの中の様子さえ見ることができない。

とにかくセキュリティーがしっかりしていて、自宅に入るまでにロックを三つ解除する必要がある。また、アキラの同居人となるために事前申請やら信用審査やら契約の締結やらを経ねばならず、「アキラの部屋に転がり込むだけ」と甘く考えていた私はセキュリティーレベルの高さに圧倒されるばかりだった。

私が暮らすことになったアキラの部屋は三階にある。信じていなかったのだけど本当に家具や基本的なインテリアが付いている物件だったようで、まるでホテルのように生活感がなく、おしゃれだ。私の部屋にはモダンアートまで飾られていて、これは気楽に散らかせないぞと妙なプレッシャーを感じている。

また、このマンションは世帯ごとにしっかり防音されているようで、どこからも生活音が聞こえてこない。徹底的にプライバシーを保護する仕様のようだ。

ここは年収ピラミッドの頂点に君臨する人たちが暮らすマンション。私は身の丈に合わないこの部屋で、アキラと結婚を目指す。

だからいつまでも恐縮したり圧倒されたりしていてはいけない。アキラとの経済格差は仕方のないものとして諦め、ここでの生活を楽しもう。

そう決めた。

初めの一週間くらいは純粋に楽しめた。

サロンをオープンして約五年、近所とはいえ西麻布の住宅街を歩いたことなどほとんどなかったから、豪華な邸宅やマンション、各国の大使館などを見ながらサロンに向かうのは新鮮だった。

しかし人間とは刺激に慣れる生き物だ。この景色に見飽きたある夜の帰り道、私は歪《いびつ》に婉曲している上り坂を目の前に、とうとう足を止めてしまった。

「帰るの、面倒くさいな……」

これまではサロンが自宅だった。深夜まで予約があっても、お客様を見送ってすぐにベッドへダイブできた。でも今は、仕事でヘトヘトになった体に鞭《むち》を打ってこの坂を上らなければならない。

早朝からの予約がある日だって、起きて着替えて目元のメイクだけすればお客様を迎えられた。しかし今は、サロンへ移動するために今までより早く起きなければならない。

面倒だけれどわかっていたことだから、それは別にいい。

最も納得がいかないのは、同じ場所で暮らしているはずなのに、ほとんどアキラに会えないことだ。

私は、予約状況次第だけれど、だいたい午前十時に家を出て深夜〇時過ぎに帰る。アキラは、具体的に何時頃かは知らないけれど、私が眠っている間に家を出て、私が帰る頃にはもう眠っている。

一緒に暮らしはじめて二週間くらい経ったけれど、顔を合わせたのはアキラが休みの日の朝だけ。私の出勤前に一緒にコーヒーを飲みながらお互いの近況を報告し合った程度で、おおよそ夫婦になろうという男女の会話らしくはなかった。

アキラにはアキラの生活リズムがあるのだから口に出しては言わないけれど、思っていることがある。

休みの前の日くらい、起きて私を待ってくれてもいいじゃない。

結婚するつもりで同居を始めたのに、これほどすれ違ってばかりでは、なんの関係も育めない。

先月レストランでキスをした時は、きっとすぐに関係が進展するだろうと思った。

ここに越してきてからは、毎日のように「もしかしたら、今日……」なんて意識しながらマンションに帰っていた。

けれどアキラにとっては、私など起きて待つ価値もないらしい。

恋愛感情なしの契約結婚前提とはいえ、私の片想い同然の関係は切ない。


ある朝のこと。

この日は六本木の有名企業でバリバリ働いているキャリアウーマンのお客様の要望で、早朝から予約が入っていた。昨夜も深夜まで施術があったので四時間ほどしか眠っていないけれど、朝の施術が終わったら次の予約は十五時なので、その間に寝直すつもりだった。

着替えて簡単にメイクを済ませ、歯を磨いていたらアキラが起きてきた。シャワーを浴びるのが日課なのだろう。早くここを空けねばと、急いで口を漱《すす》ぐ。

「あ、アキラ。おはよう」

「おはよ。今日は早いな」

寝起きのアキラは寝癖がすごい。後頭部の髪が逆立っている。こんな無防備な彼を見られて、ちょっとだけだけれど、ようやく同居感が味わえた。

「うん。今日は朝の七時から予約が入ってるんだ」

「七時？　早過ぎない？」

「キャリアウーマンのお客さんが、出勤前に施術してほしいって」

私がそう告げると、アキラはちょっと嫌そうな表情を浮かべた。

「……あのさ、まちこ」

「なに？」

「ずっと思ってたんだけど、もっと早く帰れないの？　休みもまともに取ってないよね？」

心配してくれているというより、私を咎《とが》めるような言い方だった。

私は大丈夫だとアピールするために「あはは」と笑った。

「たしかにここ最近は休みが取れてないけど……」

それは、ゴールデンウィークにまとまった休みを取った際にお客様の来店サイクルを調整した関係で、この時期に予約が入りやすかったからたまたまだ。あと十日くらい経てばわりと暇になる。

そう説明しようとしたのだが、アキラは私の話を遮って大きな声を出した。

「頼むから、体は大切にしてくれよ！」

……え？　なんで怒鳴るの？

私の体を心配してくれるのは嬉しい。でも、仕事なんだから仕方ないじゃない。

私は少し腹が立って、負けじと声を張る。

「私のサロンはとにかく融通が利くことが最大の売りなの。お客様の期待は裏切れない」

普通のサロンにはできないことができるからこそ支持されているのだ。

「だからって……」

「お互いの仕事には口出ししない約束でしょう？」

夜中のファミレスで、私たちはたしかにそんな話をした。仕事は自己実現のための舞台であり、お互いが自己実現の邪魔をしてはいけない、と。

アキラは悔しげにいったん口を閉じる。

「それはそうだけど、まちこは度を越してるよ！　俺がいるんだし、もう少し仕事を減らしたって生活は……」

お金持ちのアキラに頼れば、生活に困ることはないだろう。私の稼ぎなんてアキラにとっては鼻クソみたいな金額で、あってもなくても一緒、程度に思っているのかもしれない。

私のような施術者の価値は、定期的に通ってくださる常連のお客様の数だ。仕事を減らすということはお客様を手放すということ、つまり自分の価値を下げることでもある。

私は自分の仕事に誇りを持っているし、これまで築き上げてきたお客様との絆をとても大切に思っている。

生活に困らなければ、私が施術をしなくてもいいだろうって？

私は自分の仕事を軽んじられた気がして、腹の底が震えるほどの憤りを感じた。

――バン！

拳を握り浴室の扉を叩いたのは無意識だ。やけに大きな音が響いて、アキラが怯む。

「私の仕事をバカにしないで！」

そりゃあ、アキラのようにたくさんの人の役に立つ立派な仕事ではないかもしれない。

それでも私を頼ってきてくれるお客様は、いつも「ありがとう」と言ってくれる。

「そういうつもりで言ったわけじゃ……」

アキラはそう弁解するが、私が仕事の仕方を変えるべきだという考えは譲るつもりがなさそうだ。

数秒間睨み合う。これ以上話しても無駄だ。

「お客さん来るから、もう行く」

私はアキラの横をすり抜け、いったん部屋に入ってバッグを掴《つか》んだ。

アキラは渋い顔で浴室の前に突っ立っている。

私はなにも言わず、黙って家を出た。

イライラした気持ちでエレベーターを呼び、一階へ降りる。エントランスのカウンターには女性のコンシェルジュがおり、私に気づくと立ち上がって、恭しく頭を下げる。

「板築様、おはようございます。いってらっしゃいませ」

「……いってきます」

坂道には慣れても、コンシェルジュにはまだ慣れない。頭を下げられるたびに恐縮する。アキラの生活に馴染《なじ》むことなんて、本当にできるのだろうか。

それよりも、アキラとはすれ違い生活で会うことも少ないのに、結婚なんてできるのだろうか。

同居を始めてまだひと月も経っていないのに、もう自信がなくなってきた。

私の過去の栄光と挫折を聞いてもらいたい。

私は小学生の頃から美容師、特にヘアスタイリストになりたかったので、中学を卒業したら高校過程のある三年制の美容専門学校に入学したかった。それが最速で美容師免許を取得できる進路だったからだ。

しかしそのような学校は県外にしかなく、両親が「十八歳までは親元にいてほしい」と希望したのもあって、隣市の商業高校に入学。いずれ自分のサロンを開業することを見越して、必要な知識をめいっぱい学んだ。

卒業後は東京の理美容専門学校へ。

私は美容師の資格だけでなく、カミソリを扱える理容師の資格も欲しかった。美容師と理容師の資格を同時に取れるダブルライセンスコースのある専門学校は、日本にそう多くない。せっかくなら流行の発信地である東京で学びたいと思い、東京の学校を選んで進学した。

私はとにかく意識の高い美容学生だった。

小学生の頃から絶対に美容師になると決めていたので、当時から家族の髪を切ったり、市販のアルカリ染料やブリーチ剤でカラーリングをしたり、パーマ用のロッドを巻くワインディングという作業の練習などは積んでいた。

いずれ必要になるからと、毛髪科学の基礎知識や染料、パーマ液の化学的知識も、入学前にある程度頭に入っていた。専門学校に入って初めて道具や薬剤に触れた学生たちとは、一線を画していたと思う。

そんな私を「すごい」と褒めてくれる人もいたけれど、よく思わない人もいた。

「なんだあいつ。いちいち鼻につくんだけど」

「女なんて、どうせすぐ辞めるのにな」

美容師はとにかく離職率が高い。せっかく国家資格を取って職に就くのに、一年で五割、三年で八割が辞めると言われている。そしてその多くは女性だ。要因はいろいろある。職場の人間関係、体力的・健康的な問題、妊娠や出産などのライフイベント。

それでも私は、自分が絶対にスタイリストとして成功すると信じて疑わなかったし、僻《ひが》み混じりのアンチの声は圧倒的な成績で跳ね返した。

結果、私は美容師と理容師の国家資格を得て、首席で専門学校を卒業。ヘアサロンを多数運営している会社に学校推薦で入社して、原宿のサロンに配属された。

サロンに勤務するからといって、すぐにスタイリストになれるわけではない。まずはアシスタントをしながらサロンワークのイロハを覚えつつ、スタイリストとしてお店に立てるレベルまでスタイリング技術を磨くのだ。

アシスタントの仕事は、シャンプー、カラー剤の塗布、ワインディングなどスタイリストのサポートに加え、受付や会計などの接客、清掃や買い出しなどの雑用もある。営業時間はしっかり働き、閉店してから店の設備を借りて練習に励むハードな毎日を送った。

スタイリストとしてデビューできるまで平均三年と言われている中、私は運よく一年ちょっとでデビューすることができた。

「板築さん、合格」

店長にそう言ってもらえた時は、嬉しくて号泣してしまった。スタイリストに憧れて十年と少し。私はついに、夢を叶えたのだ。

その時の昇格試験では同期入社の男子と一年先輩の女性が不合格だったので、彼らとの関係は複雑になってしまった。けれど実力がものを言う世界なので仕方がない。

私が最初に担当したお客様は、高校生の女の子だった。

「原宿で髪を切るのが、密かな夢だったんです」

嬉しそうにそう言ってくれた彼女は、それからも定期的に通ってくれた。

スタイリストになってからの毎日はとても充実していた。原宿という土地柄もあって、お客様からのオーダーは様々。特にヘアカラーは本当にいろいろな色でオーダーを受けた。緑やピンクや水色など、奇抜な色も毎日のように扱ったし、当時は私もまだ派手な髪色をしていた。カラーリングについての知識と技術には、今でも自信がある。

「すみません。追加のカラー剤お願いします。B9、オキシ6%、二十グラムです」

「わかりました……チッ」

先輩のアシスタントに調合をお願いした時に睨まれたり舌打ちをされたり、薬剤をしっかり混ぜてもらえなかったりしたこともあったけれど、早くに夢を叶えた代償だと割り切って、楽しく働いた。

ところが、私の夢の舞台は長くは続かなかった。

二十三歳のある日、私は突然腰の激痛に襲われ、しばらく動けなくなった。

「なにこれ、動けない。でも」

その日は予約がパンパンに入っていて、どのスタイリストにも空きはない。わざわざ私を指名して来店してくださる方もいる。

「板築、なにやってんだ？」

声をかけてくれたのは、この頃にはスタイリストに昇格していた同期男子だ。

「ちょっと、腰が」

「は？　こんな日になにやってんだよ。休んでる場合じゃねーぞ」

「……そうだよね」

しばらく経つと立ち上がれるくらいには痛みが引いて、ゆっくりではあるが動けるようになった。

「大丈夫？　今日は帰る？」

心配してくれるスタッフももちろんいたけれど、私を指名して来てくれるお客様の予約もあるし、ひとりでも欠けたらお店が回らないのは理解していた。

「いえ。動ける程度には回復したので、やります」

忙しい中せっかく時間を作って来てくださるお客様を断りたくない。お店に迷惑をかけたくない。そして、私を目の敵にしている人たちに弱みを見せたくない。

私は休憩に入っていた先輩スタッフに湿布を買ってきてもらい、それを貼ってセット面に立った。

「いらっしゃいませ。お待ちしておりました」

湿布を貼ったところで、腰は痛かった。脂汗をかきながら笑顔を作り、激痛と再発の恐怖に耐えながら仕事をこなす。

態勢によって強い痛みが走った時は、つい「あいたた……」と漏らしてしまうこともあった。

「大丈夫？」とお客様が心配してくださるのを、「ちょっとさっき腰をやっちゃいまして。できるだけ座ってカットしますけど、ご了承くださいね」とおどけてごまかし、なんとか業務は遂行。

しかしそうしているうちにどんどん痛みは酷くなっていき、数時間後、私はとうとう本当に立ち上がることができなくなった。動けるうちに病院に行くべきだったと気づいたのはこの時だ。

人の手を借りても体を起こすことができないため、店長の判断で救急車を要請。救急病院に運ばれ、そのまま入院することになった。

医師が言うには、いわゆるぎっくり腰を起こし、そのまま無理して働いたため炎症が酷くなったのだろうということだった。無理をしてはいけないのだと反省しながら病院に三泊し、一週間自宅療養してサロンに復帰した。

しかし、復帰したその日から、四時間くらい働くと必ず腰と左膝、左足が痛むようになった。時にはぎっくり腰を彷彿《ほうふつ》させるほどの激痛を覚えることもあり、仕事に影響が出た。

すぐに病院に相談したのだけれど、腰痛の原因は不明、膝と足は腰を庇《かば》って負担になっているのだろうと診断され、痛み止めを処方されるだけで根本治療には至らなかった。

他の病院にセカンドオピニオン、サードオピニオンを求めるも、「多くの場合、腰痛の原因は不明。姿勢の改善やストレッチなどで緩和するしかない」と診断されるだけだった。

ヘアスタイリストは基本的に立ち仕事で、中腰の姿勢も多く、腰や膝、足への負担は計り知れない。無理して現場に立てばスタッフに迷惑をかけることになるのは明白だ。

かくして私は、ヘアスタイリストのキャリアをたった二年でリタイアしたのだった。

アキラとケンカのようなことをしてから一週間が経過。

あれ以来、まだ一度もアキラと顔を合わせていない。別に避けているわけではない。

私は自分のサロンでの仕事の他に、協会から依頼を受けてアイリストやアイブロウリストの講師として後進の育成を手伝う仕事をしている。それまで土日の朝はアキラと顔を合わせたのだけれど、この間の土日は講師の仕事があって早朝に家を出たため会えなかった。

アキラは相変わらず私などお構いなしに自分の生活を営んでいる。私もアキラのために時間を取ったりはしていない。会うことがないのだから謝ることも話し合うこともできず、次に顔を合わせるのが億劫《おっくう》になっていく。

寝るための家が同じというだけで、一緒に生活をしている実感はほぼ皆無。せっかく素敵なマンションに住んでいるのに、私はシャワーを浴びて眠るだけ。

サロン、つまり元の自宅には毎日足を運んでいるし、ここには今でも私の生活用品一式がある。

私、あの家に帰る意味、なくない……？

「いやいや、そんなこと考えちゃダメだ」

私は大きなひとり言を漏らし、首を左右にブンブン振った。ひとりで余計なことを考えるのはやめよう。

今日も夜中まで予約が入っている。ここ最近眉毛パーマが注目されているのもあって、早くから眉毛パーマを取り扱っている私のサロンは新規のお客様が増えている。それがここ最近の多忙の一因でもあるのだが。

「でも、今日を乗り切れば明日からはちょっと楽だもんね」

アキラと暮らし始めた三週間前から少しずつ調整して、明日ようやく休みが取れた。

常連のお客様から個人的に突発的な連絡が入らなければ、アキラの帰りを待つことができるだろう。

明日アキラと仲直りしよう。アキラもきっと私と仲直りしたいと思っているはずだ。

私たちはいずれ夫婦になる。この程度のケンカはさっさと終わらせて、もっと楽しい話ができるようになりたい。


――ピーンポーン……ピーンポーン……

チャイムが鳴って目が覚めた。どうやら居眠りをしていたらしい。

部屋の照明が点いているからわかりにくいけれど、窓から入ってくる光が明るい。

ということは……うそ、もう朝？　ああ、私、寝落ちしちゃったんだ……。

昨夜最後のお客様を見送ってひと息ついた時に、「疲れたから、ちょっとだけ」とベッドに横になったのが間違いだった。寝支度どころかメイクすら落としてない。コンディションは最悪だ。

毎日面倒だと思いながらもアキラのマンションに帰っていたけれど、とうとう帰らず夜を明かしてしまった。

まあ、アキラは私がいないことに気づいてすらいないだろうけれど。

――ピーンポーン……ピーンポーン……

ふたたびチャイムが鳴る。宅配だろうか。今何時だろう。この部屋には時計がないし、スマートフォンもサロンの部屋に置きっぱなしでわからない。

――ピーンポーン……ピーンポーン……

私は体を起こし、インターホンのパネルへと移動する。来訪者を映す画面を見て、私は思わず声をあげた。

「えっ？」

画面に映っているのは、なんとアキラだった。

もしかして、私がいないことに気づいて探しにきてくれたの？

私は慌てて玄関へ向かい、ドアを開ける。

「まちこ！」

アキラは私が少し開けたドアをこじ開けるようにして中へ入り、扉が閉まるのを待たずに私を強く抱きしめた。

「え、ちょっと」

「まちこ……！」

アキラは私の体をぎゅうぎゅうと締める。汗で少し体が濡れていて、息が荒い。走ってここまで来たらしい。彼の体からドキドキと鼓動を感じるのはそのせいだろう。

水で寝癖を直したのか、髪もちょっと濡れている。ヘアムースの香りはしないし、よく見ると服は寝ている時に着るTシャツにスウェットパンツだ。最低限の身なりだけを整えて出てきたらしい。

私がいないことに気づいてくれたんだ。私のこと、ちゃんと気にかけてくれてるんだ。

それがわかって、私は救われたような喜びに包まれた。

「アキラ」

愛《いと》しさのままに彼を抱き返す。

「心配したんだぞ！　こっちに泊まるなら、せめて連絡しろ！」

アキラは私を確認するように顔を見つめてもう一度強く抱きしめ、そしてまた私の顔を見つめる。

「ごめん。疲れて寝落ちしちゃって」

メイクしたまま眠った寝起きで汚いから、あまり顔を見ないでほしい。

「まちこが出てったかと思った」

「まさか！　まだ同居を始めて三週間くらいだよ？」

「でも俺たち、すれ違ってばかりだったし」

「それは……うん。そうだね」

今を逃すと次はいつ時間を作れるかわからない。そんな不安もあって、私たちはこれから話をすることにした。今日は平日だけれど、社長特権を使って時間を取ってくれるという。

「とにかく入って。アキラの家ほど綺麗じゃないけど、座るところくらいはあるから」

「いやいや、十分いい部屋だよ。お邪魔します」

アキラが私の元自宅兼サロンに来るのは初めてだ。こういった空間が物珍しいのか、あちらこちらをキョロキョロ見回している。

「へぇ。普通に住宅なのに、ここだけサロンって感じだね」

「でしょ？　ねぇ、私先にシャワー浴びるから、適当にテレビでも見て待ってて」

「あ、うん」

アキラをダイニングに案内し、手早くシャワーを浴びて、濡れた髪も乾かさないいま彼の元へ戻る。アキラとは家族になるのだから、スッピン、部屋着、おまけにノーブラだけれど、もう気を使わないことにした。メイクの崩れまくったさっきまでの顔の方が、よっぽど恥ずかしい。

「お待たせ。コーヒー淹れるね」

「ありがとう」

私たちは温かいコーヒーを飲みながら、先日ケンカになってしまったことをお互いに謝った。

「この間はごめん。俺、全然理性的じゃなかった」

「私もごめん。アキラは心配して言ってくれたのに」

私たちはできるだけ理性的に自分たちの考えや思ったことを話した。私が自分の仕事を軽んじられたように感じたことを話すと、アキラは大げさなくらいに深く謝ってくれた。

アキラは不規則で休みのない私の生活を、とても心配しているようだ。

「俺さ、何年か前に過労で倒れたことがあるんだ。入院になったりして、大変だった」

「そうなの？」

「倒れる前は仕事頑張ってる感に酔ってるところがあったし、自分はもっとハードにやれるって過信してた。でもいずれ限界は来るよ。健康は大事にしてほしい。まちこには、俺と同じような目に遭ってほしくない」

アキラは自分の経験を交えながら、健康な生活とはどういうものであるかについて念入りに説いてきた。

「十分な睡眠と多過ぎない食生活、規則的な生活は基本だよ」

彼に言わせれば、私は健康リテラシーが著しく欠如しているらしい。私としては、若い頃へアスタイリストを目指していた時期は睡眠を削ったり体を酷使したりするのが当たり前だったから、今の生活はむしろ健康的であるとさえ思っていた。

「そっか。私ってそんなに不健康だったんだね」

不規則な生活が当たり前の自分を基準に考えて、アキラに「睡眠を削ってでも帰りを待ってくれればいいのに」なんて思っていた自分を猛省する。

「職業的に、規則正しく生活するのが難しいとはわかってる。でもせめて一日に七時間眠れる程度には仕事をセーブしてくれないかな。段階的にでも構わないから」

「うん。でも……」

ただでさえアキラとは経済格差があるのに、仕事をセーブすると差が開いちゃう。

アキラはそんな私の思考を遮るように、テーブルに置いていた私の手を包んだ。

「健康以前に、俺、毎日まちこに会いたいよ。一緒に暮らしてるのに一週間会えないとか、もう嫌だ」

「アキラ……」

真剣な顔で告げられた言葉に、目の奥が熱くなる。

アキラも私に会いたいって思ってくれてたんだ。よかった。

「え、なんで泣くの？」

「そう言ってくれて嬉しいの。私もアキラに会えないのは寂しかったから」

アキラの手を握り返す。彼の手は今日も熱いくらいに温かい。

「まちこ……」

眉を寄せたアキラが促すように私の手を引いた。私は腰を上げ、導かれるまま彼の膝へ、横向きで腰を下ろす。彼の腕は私の腰に、私の腕は彼の首に。お互いに視線は外さない。私たちはそのまま、唇を重ねた。

「んぅっ……！」

不意にキスが深くなり、私は不可抗力で声を漏らす。

同時に彼を抱く腕をきつく締めてしまったのは無意識だ。密着感は増しているけれど、体勢は不安定。ここがダイニングテーブルであることがもどかしい。

二度目のキスはコーヒーの味。ほろ苦いけれど香ばしく、深みのある大人の味がした。

「ねぇ、まちこ。ひとつ提案があるんだけど」

アキラは私の髪を撫でながら、頬にも唇を触れる。

「うん。なに？」

「とある研究によると、キスをする夫婦ほど仕事や生活がうまくいくらしい。だから、一日に一回は必ずキスをするっていうルールを作るのはどうかな？」

とある研究だなんてしかつめらしい言葉を使って平静を装っているけれど、明らかに照れている。

口実なんてなくたって、キスしたいって言ってくれれば喜んでするのに。

「会えない日はどうするの？　私、どうしても早く帰れない日だってあるよ」

「そんな日は……そうだな。まちこが俺のベッドに潜り込んでキスしてよ」

「起こしちゃうかもよ？」

「いいよ。その方が記憶に残る」

「私、そのままアキラのベッドで寝落ちしちゃうかも」

「その時は一緒に寝よう。俺たちは恋人同士ではないけれど、もっと距離を詰める必要はあると思うんだ。いずれは、ほら。それ以上のこともするわけだし？」

「うん。そうだね」

その〝いずれ〟を期待させるように、もう一度深くキスを交わす。

梅雨の晴れ間の明るくて爽やかな朝には似合わない色っぽい音と空気が、ダイニング中に響いていた。


この日の夜、アキラは急きょ会食が入って、帰ってきたのは午後十時前だった。

朝のことがあってちょっと期待していたのだけれど、会食相手に深酒させられてフラフラのアキラは、ベッドに飛び込むようにして眠りについた。

当然、期待していたイベントは発生せず。

「……まぁ、お互い様かな」

私はそう呟いて、彼に布団をかけたのだった。

ver.4.0　作為的従業員

◆

俺は今、理性を試されている。

すぐ左には無防備に眠るまちこ。彼女の寝息が俺の首にかかっている。

Tシャツに短パンという露出の多い服装。タオルケットを抱き枕のように脚で挟んでおり、短パンがまくり上がって太ももの上の方まであらわになっている。見る角度を変えれば下着が拝めるだろう。……もちろん覗《のぞ》いたりはしない。

このベッドには枕をふたつ置いているが、まちこはなぜか俺が使っている方に頭を乗せ俺の肩に頭をくっつけている。

甘えているような寝姿に、俺の心は鷲掴《わしづか》みにされた。

このかわいすぎる生き物はなんだ。天使か。

目覚めてすぐにこの光景を楽しめるのは、二年ほど前に入れたICL（眼内コンタクトレンズ）のおかげだ。今改めて、いい自己投資だったと実感する。

しかし、だからこそ湧き上がる感情もある。

触りたい。撫でたい。まさぐりたい。かぶりつきたい。

寝起き早々、頭の中がいかがわしいことでいっぱいになる。

耐えろ。堪えろ。理性だ俺。いずれその時が来る。今じゃない。

六月下旬、梅雨真っ盛りで安定の雨天。

朝にも低気圧にも弱いはずの俺の全身に、激しく血液が巡っている。えも言われぬ高揚感を覚えながら、俺は邪念を払い除《の》けるように体を起こした。

「ん……」

おっと、気持ちよさそうに眠っているまちこを起こしてはいけない。

俺は鳴ってしまう前にスマートフォンのアラームを解除して、まちこのかわいい唇に自分の唇を落とし、できるだけ静かにベッドを下りた。

まちこは眠っているけれど、一日一回はキスをするというルールを、とりあえず今日も達成。まちこは俺がキスをすると、眠っていてもニコッと笑顔を浮かべる。

はぁ、かわいい。とてつもなくかわいい。

ここ最近、俺は幸福な気持ちで一日をスタートさせている。

株式会社ディアスタンダードは、創業当初は俺ひとりで運営するマイクロ法人だった。初めは小規模なプログラミングの受注から始めた。コツコツ続けていると定期的に仕事が入るようになり、ひとりで回すのがきつくなってからは友人に手伝ってもらうようになって、少しずつ規模を拡大。今や従業員を五十名ほど抱える大所帯になってしまった。

経営者仲間にはよく「もっと事業を大きくしてもいいんじゃないか？」と言われるが、無理に事業拡大をするつもりはない。もちろん成長させていくつもりはあるのだが、無理をすればしっぺ返しがあることを、俺は若い時期に学んだ。

今は社長としての仕事で手一杯で、俺が自分でプログラムを書いたりデバッグの作業に参加したりする機会はめっきり減っている。

社長としての仕事は大きく分けて三つ。会社の意思決定、組織体制の構築、そして資金調達だ。社員たちは本当によく頑張ってくれていて、たまに失敗して損失が出ることもあるけれど、それを吸収できるだけの利益も生んでいる。

俺は「生産性を極限まで高めろ」が口癖の、社員にとってはちょっと口うるさい社長だろうと思う。けれど、「生産性の高さは人生を豊かにすることに直結する」という信念を、これからも貫いていくつもりだ。

そんな我が社は今、ココサローニャ以来となる大型の新サービスを煮詰め中である。その新サービスとは、俺がビジネスを始めるきっかけとなったテストサイトの進化版だ。あの頃俺が必死で作ったものを、今の俺が本気を出してアレンジしたらどんなものが作れるか、試したくなった。

当時の俺はひとりだったけれど、今はたくさんの仲間がいる。当時は小遣いとお年玉ほどの財力しかなかったけれど、今は年商百億単位の会社を経営している。技術は大きく進歩して、今や子供でも当たり前にスマートフォンを持つ時代だ。

今ならきっと、あの頃作ったテストサイトよりずっと素晴らしい学習ツールを作ることができるだろう。

俺は社長ながらこの案で社内コンペに参加して、全社員の前でプレゼンし、社員たちから多くの賛同を得た。

プロジェクトを立ち上げたのは今年の一月。俺を入れて六人でチームを作り、サービスの具体的な内容が決定したのが三月。大手の教材会社数社に声をかけ、最も協力的だった会社と共同開発のパートナー契約を締結したのが四月。それから現在にかけて、システム構築を行っている。

ディアスタは来年で創業十周年を迎える。その節目に、世の学生たちが夢中になれるようなおもしろい学習サービスを提供してみせる。

俺もチームのみんなも、そのために日々熱意を燃やしている。

「とはいえ、さすがに疲れた……」

新サービスのためのミーティングを終え、社長室に帰還。

今日は朝から財務やら人事やらのミーティングにも参加させられた。ひとつひとつは短い時間で済ませているが、ずっと頭を使っていたので、もうクタクタだ。

我が社では昼休憩とは別に、午後に三十分のブレイクタイムを自由に取っていいことにしている。その時間を今から使おうと決めたところで、疲れた顔をしたケンジが部屋にやってきた。

「アキラ～、コーヒー飲みに外行こうぜ」

専務であるケンジも、朝から俺と同じミーティングに出て意思決定のために知恵と力を貸してくれている。今日もいいスーツをキチッと着こなしているのだが、心なしかヨレて見える。

「そうだな。気分変えたいし、外行くか」

少し歩いて先日オープンしたばかりのカフェに行ってみようか、なんて話していたのだが、ビルを出ると外はしとしと雨が降っていた。

梅雨時期だから仕方ないと笑い、外に出るのはやめて、このビルの中にあるカフェでコーヒーをテイクアウト。テナント共有の休憩スペースへ移動した。

休憩スペースには自動販売機と座り心地のいいふかふかのベンチが置いてある。今の時間は貸し切りだ。

「今日ミーティング多くない？」

ケンジはそうボヤき、俺が奢ったアイスコーヒーを一気に半分くらい吸った。

「新事業が急速に進みはじめたし、決算も近いしなぁ」

「もう全部下に任せて承認だけしときたい……」

「ダメ」

「だよなぁ。知ってた」

ケンジは冗談ではサボろうと言うが、実際はいつもちゃんとしている。だから信頼しているし、友人でもあるので気楽だ。

「ところでアキラ、結婚の方はどうなの？　同棲始めたんだろ？」

「あー、うん」

同棲と言っていいのだろうか。俺の方は恋愛感情も下心も日々増し増しなのだが、まちこは俺を旧友、そして都合のいい契約結婚相手としてしか見ていない。

「あれ、うまくいってないの？」

「いや……うまくいってないことはないけど……」

「けど、なに？」

「ムラムラしすぎてつらい」

そう漏らすと、ケンジは呆れたように口を開けた。

「は？　中学生かよ」

「中学生の方がマシかもな」

毎日好きな女と一緒に寝ているのに手を出せない、甘酸っぱい興奮と地獄のようなもどかしさ。そのせいで朝のシャワータイムがこれまでより少し伸びていることは、いくら相手がケンジでも口には出せない。

夜は夜で、まちことのスキンシップを意識しすぎて、いつもなら読書に充てている時間にボーッと妄想してしまうことが増えた。これまで帰宅してからのプライベート時間は、読書や情報収集など自己研鑽《けんさん》に使ってきた。まちこと眠るようになって以来、研鑽が疎かになっている。

「自分がこんなに煩悩に弱い男だとは思わなかった」

「しょーもな。結婚すんだろ？　さっさとヤっちまえ」

スッキリしたいだけならそうするだろう。だけど俺は、まちことの関係を大切に育んでいきたいのだ。

「そんな軽々しくできねーよ」

「結婚するまで一度もしないつもりか？」

「彼女が求めれば、するさ」

俺たちは一応、お互いがその気になったら積極的にスキンシップをすることに決めた。だけど俺は最初からずっと、そしていつでも〝その気〟の状態だ。

だから、まちこが求めてくるまでは我慢する。それが俺の、理性の証明なのだ。

「一生求めてこなかったらどうすんの」

「……それは困る」

まちこに求めてもらえるような男にならなければ。まだまだ自己研鑽が必要だ。

「そういえばアキラ、今年のリフレッシュ休暇、来月だったよな」

「あ、そういえばそうだ。忘れてた」

我が社では年に一度、平日に三連休を取ることができるリフレッシュ休暇制度を設けている。土日と合わせれば五日間の連休、有休を組み合わせれば最長九連休が作れるので、旅行やレジャーを存分に楽しむことができる。

従業員のワークライフバランスのために設定した休暇だが、その制度を俺たち役員も活用させてもらうことにしている。従業員が休暇を取得しやすいよう〝役員も積極的に休暇を取ってますアピール〟をするのが目的だ。

「今年はふたりで旅行でもしたら？　彼女もその気になってくれるかもよ」

休みを取るのが七月だと決まった時はまだまちこと再会していなかったので、休暇を取っているふりをして自宅で仕事をするつもりだった。

でもそうか。今年はまちこと過ごす時間に使えるのか。

「ケンジ」

「うん？」

「その作戦、いいな！」

俺がそう言うと、ケンジはなぜか大声で笑いはじめた。

「なんで笑うんだよ」

「おまえ、彼女のことマジで好きなんだな」

「悪いかよ」

俺だって、今さらここまで本気になるとは思っていなかった。もはや初恋の再燃なんていうレベルではない。ひとりの女性として、まちこに強く焦がれている。片想い同然だけれど、俺は今、一緒に暮らせて幸せで仕方がないのだ。

「あれ～？　社長と専務じゃないですか」

横から聞き覚えのある女性の声がした。夏目だ。濡れた傘と、俺たちが行こうとして諦めたカフェのコーヒーカップを持っている。

「お、莉里ちゃんお疲れ。雨の中わざわざあそこまで行ったんだ」

「雨だったけど、外の空気が吸いたくて。ＳＮＳにアップもしたかったし」

「マメだねぇ」

彼女によると、ＳＮＳの投稿は港区女子の嗜《たしな》みなんだそうだ。フォロワーの数で価値が決まる側面もあるらしい。彼女のアカウントは一般人だてらに一万人近くのフォロワーがいるが、それでも精力的に活動していた学生時代よりは減ったという。

夏目は俺たちとは違うコーヒーの香りを漂わせ、すぐそばの椅子に座った。彼女も朝からずっと俺たちと同じミーティングに参加していたのだが、疲れは見えない。

「ちょっと聞こえたんですけど、社長の新しい彼女さんの話、してました？」

「そうそう。こいつ、今まではわりと女に冷たかったじゃん？」

「そうですね。女性は二の次、三の次って感じでした」

「それが本気になった途端クソヘタレで超ウケんの」

部下に変なことを言うのはやめてくれ、とツッコみたいのだけれど、ふたりの話のテンポについていけず、黙ってコーヒーを啜る。

「へぇ。社長かわいい。彼女さん、どんな人なのか見てみたいです」

夏目の言葉に、俺は「いいよ！」と答えてしまいそうになった。

こんなことを言うと引かれるかもしれないが、まちこが自分のパートナーであることを自慢したい願望がある。加えてこのふたりは俺の女を見る目をまったく信用していないので、俺を金づるにしようと躍起になっていた過去の女たちとは全然違うのだと見せつけたい。

「いいじゃん。莉里ちゃん、見てきなよ」

ケンジがあっけらかんとそう言った。

「え？」

夏目と俺の声が重なる。

「サロンやってるんでしょ？」

「あ、そっか。ココサロに登録されてる事業主さんでしたね」

夏目はパンツのポケットからスマートフォンを取り出し、ココサロのアプリでまちこのサロンのページを開いた。

「え、ちょっと夏目。マジで?」

「マジでーす。ちょうどアイブロウのサロンを探してたんですよ。うわー、いい時間は三週間先まで全然空きがない。とりあえずキャンセル待ち登録しちゃおっと」

自慢はしたいけれど、俺の知らないところで会われるのは恥ずかしい。夏目は特に俺の情けない部分をよく知っているから、まちこに変なことを吹き込まれそうで怖い。

「そろそろ時間だな。会社に戻るか」

ケンジが時計を見て立ち上がる。夏目と俺も彼に続く。

今日もとっとと仕事を終わらせて早く家に帰ろう。まちこは午後九時頃まで予約があると言っていた。そのあと一緒に食事が取れそうなので準備でもしておこう。といっても、通いの家政婦が作り置いてくれる料理を器に盛るだけなのだが。

「莉里ちゃん、彼女に会ってなに言うつもり?」

「別に、会ってみたいだけです~」

「どうせ脈はないんだから、意地悪しちゃダメだよ」

「わかってますよ」

うしろでふたりがコソコソと話しているけれど、俺にはよく聞こえない。

どうせ俺たちの契約結婚について否定的な意見でも言い合っているのだろうから、あえて口も出さなかった。


俺の見る目のなさを証明する元カノが、三人いる。

ひとりめは大学時代の元カノだ。

その当時、俺は会社を興したばかりだった。そのことを周りが「すごい」と言ってくれて、俺もまんざらではなかった。中でも顔見知りという程度の知人だった同期の女子に「私も起業に興味があるからいろいろ教えて」と言われ、真に受けてあれこれ教えているうちに付き合うようになった。

俺としては、起業したばかりで売り上げを立てるのに必死な中、自分なりに彼女を大切にしていたつもりだった。しかし彼女には、俺とは別にもうひとり、社会人の彼氏がいることが発覚。

「社長だっていうから付き合ったのに、贅沢させてくれないなら意味ないし」

「あっちの彼の方がいろいろ買ってくれるから、あんたは切る」

浮気を問い詰めた時に吐きつけられたセリフは、今思い出しても鼻から笑いが出る。

ふたりめは、俺が最初に会社を潰しそうになった頃——つまり二十三歳くらいの頃に付き合っていた女だ。ケンジに誘われて仕方なく参加した合コンで出会った女子大生だったのだが、とにかく目を引く美人だった。

付き合いはじめて三ヶ月ほど経った頃、ある日突然彼女と連絡が取れなくなった。なにかあったのだろうかと心配していたのだが、その後すぐに使っていないクレジットカードに身に覚えのない高額のショッピング履歴があることが発覚して、失踪の理由がわかった。彼女がカードを盗んで使い込んだのだ。

結局その女とは弁護士を入れて法的な対処をするに至った。ただでさえ会社が潰れそうなのにプライベートでも大きなストレスを抱えたので、この頃の俺は心身共にボロボロだった。

三人めは……いや、やめておこう。思い出すだけで気分が悪くなる。

この日の夕方。

六時過ぎに仕事を終えてビルを出ると、ずいぶん雨足が強くなっていた。

傘を差し、自宅へ向かって歩く。今住んでいるマンションは高台にあるので、行きは下りで七分、帰りは上りで十分。近いところに住んでいるけれど、帰りついた頃には足もとがぐっしょり濡れてしまった。

Tシャツとチノパン、靴はスニーカーというラフな格好での通勤とはいえ、濡れたままは気持ちが悪い。俺は家に入るなり玄関で濡れた靴下とチノパンを脱ぎ、洗濯機のある脱衣所のドアを開けた。

するとそこには衝撃の光景が。

髪を濡らした裸のまちこが、目を丸くしてこちらを見ていた。

「きゃあああっ！」

「わあぁっ！　ごめん！」

まちこの悲鳴と俺の驚嘆が響く。このマンションが防音でよかった。

俺は慌ててドアを閉める。心臓がバクバク鳴っている。

「まちこ、帰ってたんだ」

「うん。今日はラストの予約がなくなって早く上がれたの。濡れちゃったからメイクを落とすついでにシャワー浴びてたんだ」

「そっか。いるって気づかずに確認せず開けて、ごめん」

「私いつもこの時間は家にいないし、無理ないよ」

同居開始直後に期待していたマンガ的ラッキースケベハプニングが、忘れかけていたこのタイミングで……！　しかし実際にハプニングに遭遇すると、「ラッキー」という気持ちより「ごめんなさい」の気持ちの方が強くなるらしい。

「あの、俺、あんま見てないから」

これは本当だ。まちこは横向きだったし、前にはバスタオルを当てていた。見えたのは滑らかなカーブのヒップラインだけだ。くそ、せっかくならもっと見たかった。

「ううん、気にしないで。私こそ叫んでごめんね。ビックリしただけ。別に嫌だったわけじゃないから」

「えっ……」

嫌じゃない？　マジで？

だからって「じゃあもっと見せてくれ」とは言えないが。

「アキラも服、濡れたんだよね。そこに置いておいて。私のと一緒に洗う」

「ああ、うん。ありがとう」

俺は脱衣所のドアのそばに濡れたチノパンと靴下を置き、自分の部屋に戻る。通勤に使っているリュックも雨を吸ってびっしょりと濡れている。それを拭くためのタオルを取ろうとクローゼットの方へ行くと、姿見に自分が映った。Tシャツにパンツ一丁のダサい格好だ。

まちこのヒップを見た代わりに、俺はこの姿を見られたのか……。

「恥ずっ」

そんな自分を見ていられなくなった俺は、リュックを雑に拭いて、すぐに部屋着を身に纏《まと》ったのだった。


リビングダイニングへ行くと、服を着たまちこがすでにいた。お互いに情けない姿を見られたあとなので、ちょっと気まずい。

「飯にしようよ。今日池村《いけむら》さんが作ってくれたのが、たくさんあるから」

「うん。お皿出すね」

池村さんとは、毎週火曜と金曜に来てもらっている通いの家政婦だ。尊敬する経営者仲間に紹介してもらったのだけれど、いつも完璧以上に仕事をこなしてくれて感謝している。

うちでお願いしているのは、掃除と洗濯、そして食事の作り置きだ。栄養価が高くカロリーは控えめなものを四、五品作ってもらうようにお願いしている。

池村さんの料理はいつも本当に美味しくて、まちこもひと口で気に入った。今日は彼女が作ってくれたものの中から、甘酢が美味しい野菜たっぷりの酢豚を選んだ。

「美味しい～。どうやったらこんなにお肉が柔らかくできるんだろう」

まちこは感激しながら美味しそうに食べている。そんな姿を見ていると幸せな気分になる。池村さんの料理はこれまでも抜群に美味しかったけれど、まちこと食べるとうまさ倍増だ。

なるほど、こんな幸せを味わえるなら、うっかり食べ過ぎて幸せ太りが起きるのもちょっとわかる気がする。

「あのさ、まちこ」

俺はここで、例の件を提案してみることにした。

「なに？」

「俺、来月休暇を取る予定なんだ。もしまちこも一緒に休めたら、ふたりでどこかに旅行しない？」

俺の唐突な提案に、まちこは目を輝かせた。

「旅行？　行きたい！」

よかった。「恋人同士というわけじゃないんだし、そういうのはちょっと……」と言われることも想定していたが、杞憂《きゆう》だった。

「来月のこのあたりじゃ急かな？　仕事の調整、できそう？」

俺がタブレットのカレンダーを指さすと、まちこはスマートフォンを手に取りココサロのアプリを立ち上げた。

「今だったらなんとかできると思う。とりあえず今すぐ予約受付止めるね」

そう言って慣れた指さばきでアプリを操作している。自社のサービスを使いこなしてくれていることに、密かに感激した。

「行きたいところとか、ある？　俺は土日にかぶるように休みを取るから五連休になるし、まちこも同じだけ取れるなら海外でもいいかなって思ってるんだけど」

五日あれば欧米に行けるし、三日だけでも近場の国なら十分楽しめるだろう。

頭の中で候補を思い浮かべるが、まちこは首を横に振った。

「私、パスポート持ってないし土日はサロンを開けたいから、今回は国内がいいな」

「そっか。じゃあ国内で行き先を考えよう」

温泉でゆっくりするのもいい。観光地を歩き回るのもいい。テーマパークもデートっぽくて捨てがたい。ホテルは最高のところを取りたい。

「実はね、ずっと行きたいと思ってたところがあるの」

「どこ？」

まちこが行きたいところなら、どこだって連れていく。

「神津島《こうづしま》って知ってる？」

「島？　ごめん、わかんないや」

神津島とは、伊豆《いず》諸島の真ん中にある小さな離島で、住所は一応東京都になる。日本一にも選ばれた透明度の高い海に囲まれており、海岸沿いは迫力のある断崖絶壁。晴れた日の夜空は天然のプラネタリウムと謳《うた》われているほど美しい。

かつて神々がこの島に集まって伊豆諸島の創造や水の配分について話し合ったという逸話から、神津島と名づけられたと言われているらしい。

「へぇ。東京にそんな島があるんだ」

「依ヶ浜の海や星も綺麗だけど、きっと段違いの美しさだと思うの。どうかな？」

まちこは自身のスマートフォンで海や星の画像を見せながら、懸命にプレゼンする。本当に行きたいと思っているのがよく伝わってきた。

「うん。俺も行ってみたい」

「よかった。それでね、神津島に行くなら、ひとつわがままを聞いてもらいたいんだけど」

「なに？」

「神津島までは、〝さるびあ丸〟っていうフェリーで行きたいの」

まちこの話によると、神津島までは調布から飛行機が出ているらしいのだけれど、竹芝《たけしば》埠頭から船も出ている。船はジェット船と大型客船の二種類があり、まちこが希望するさるびあ丸は大型客船、つまりフェリーの方だ。

飛行機なら四十分、ジェット船なら約四時間、フェリーはだいたい十時間かかる。

「十時間？　長くない？」

帰りはもう少し早いようだけれど、それにしたってかかりすぎでは。

「うん。到着前日の夜に乗船して、船中泊するの。船の中にはレストランもあるし、シャワーもあるよ。客室にはいくつかグレードがあってね、雑魚寝の部屋もあればホテルみたいな個室もあるんだ」

日頃から生産性だ効率だと騒いでいる俺としては、正直、移動に時間をかけるのが好きではない。しかしまちこは画像を見せながら楽しそうに提案してくる。ポリシーとまちこのジレンマに、俺は是とも非とも反応ができない。

そんな俺に構わず、まちこはうっとりした表情で続ける。

「竹芝港からしばらくは甲板で海の夜景を見ながら過ごして、夜は観光に向けてぐっすり眠るの。朝は日の出前に起きて、地平線からのぼる朝日と寄港する他の島を眺めるんだ。移動しながら素敵な景色が見られるって、素敵だよね」

まちこの言葉に、俺の目からウロコがポロポロと落ちた。

フェリーなら、現地での観光だけでなく移動している間も楽しめる。

俺は今の今まで、移動といえば飛行機や新幹線などの最速手段で、観光に向けて体力の温存や疲れからの回復のことばかりに目を向けていたから、移動自体を楽しもうという発想がなかった。

そんな俺でも、初めて新幹線に乗った時は富士山を見ようと窓にかじりついた。初めて飛行機に乗った時は街や雲を下に見る景色に興奮した。

あの時のような非日常への感動と興奮を、フェリーでまた味わえる。そしてそれをふたりで共有することで、楽しさは二倍になる。

まちこの提案は、そういうことだった。

「それ、最高じゃん！」

「じゃあ、決まりね！」

契約結婚を目指すための同居を始めて約四週間。まだデートらしいことをほとんどしたことがない俺たちの、初めての旅行が決まった。

新しい学習サービスのため、まだしばらくハードな日々が続くけれど、まちことの旅行を楽しみに乗り越えよう。

プライベートをモチベーションに仕事を頑張るのも悪くない。

◇　◇

アキラと暮らしはじめて、そろそろ一ヶ月が経とうとしている。

坂ばかりの通勤にはもう慣れた。いい運動になっているのか、最近少しだけ体が締まってきた気がする。

そして、ほとんどの家事を家政婦さん任せにする生活にもようやく慣れてきた。はじめは洗濯物が畳まれた状態でベッドに置いてあることに恐縮したし、わざわざ私のためにアキラの分と分けて作り置いてくれる料理も、申し訳ない気持ちで食べていた。今は「ありがとうございます」と、素直に感謝しながらサービスを享受している。

家事を誰かにやってもらえる生活はとても楽だ。けれどこの生活に慣れすぎると自分がなにもできない女になってしまいそう。だからサロンの掃除には、これまで以上に気を配るようにしている。

アキラとの関係は、少しだけ男女らしくなった。一日に一回はキスをするというルールを決めて以来、私たちはちゃんと毎日キスをしている。といっても私はアキラが眠ってから帰ることが多いので、毎日アキラのベッドに侵入して眠っている彼に唇を押し付ける。ルール上は一日一回すればクリアだが、毎日私が少なくとも四、五回はしていることを、アキラは認識していないかもしれない。

しつこくチュッチュしているのには理由があって、そうしてアキラをうっすら目覚めさせると、「まちこおかえり」と言って私を抱きしめ、キスを返してくれるのだ。その時の幸福感が病みつきになっている。けれどアキラは眠りが深くて、しつこくキスをしても目覚めない時は目覚めない。そういう時は悔しくなって、多少暑くてもべったりくっついて眠るようにしている。

朝私が起きる時には、アキラはもう出社していない。私はあまり寝相がよくないのだけれど、ここ最近、目覚めると体がしっかりタオルケットに包まれていることが増えた。きっとアキラが、私が冷えないようにとやってくれているのだろう。目覚めるたびに胸をキュンとさせられる。

アキラはずるい。私は彼になにもアピールできていないのに。

きっと私ばかりがアキラのことを好きなのだ。

午前十時の二分前。来客を知らせるチャイムが鳴った。

eye design MATCH LUSH、今日も元気に開店だ。

「いらっしゃいませ、佐和子さん」

「おはよう。はいこれ、お土産」

佐和子さんは手に持っていた紙袋を差し出す。紙袋には、老舗高級食パン屋のロゴがプリントされている。

「わぁ、いい香り。この間もおやつを頂いたばかりなのに、いいんですか？」

「いいのよ。どうしても食べたくなっちゃって、朝から買いにいったついでなの。彼と一緒に食べて」

「はい。でもせっかく焼きたてなので、お昼にちょっと食べちゃおうかな」

「それがいいわ」

佐和子さんは慣れた足取りでサロンルームに入り、荷物を置いて、施術ソファーに腰かける。他愛のない話をしながら背もたれを倒し、高さを調整。

「エクステの本数がいつもより減ってますね」

「言われてみれば、よく抜けたかも」

「季節の変わり目は体毛が生え変わりやすいですからね。もうすぐ梅雨が明けるので、体が本格的に夏を迎える準備を始めているんですよ」

「もう夏が来るのね。ほんと、一年が早いわ」

まつ毛エクステと眉デザインの施術後、お互いに少し時間があったので、私と佐和子さんはうちで一緒に食パンをつまむことにした。

コーヒーを淹れ、パンは厚めにスライスしてトースト。冷蔵庫にフランス産の発酵バターが残っているので、程よい大きさにカットして器に盛った。自分の食事にするつもりで近所のデリカで買っていたチキンソテーと生ハムのサラダを器に取り分ける。ちょっとしたランチの完成だ。

私がキッチンで準備している間に、佐和子さんはサロンルームのドレッサーでメイクを済ませていた。たったの五分程度だったのだが、眉もまつ毛も施術でバッチリ仕上がっているので、短時間でも完璧だ。

「ダイニングの方へどうぞ。ランチにしましょう」

「ありがと」

普通のサロンなら、施術後にお客様とランチなんてことは滅多にしないだろう。自宅サロンならではのお客様との距離感が、とても楽しい。

「彼との生活は順調？」

佐和子さんには前回の施術で、アキラと一緒に暮らしはじめたことを報告している。

「ケンカもしましたけど、順調だと思います」

私がそう答えると、佐和子さんはクスッと笑った。

「まちこちゃん、恋する女の子の顔してる」

「え？　そうですか？」

「いいわねぇ。初々しくてとってもかわいい」

「やだなぁ。私たち、そんな感じじゃないって言ったじゃないですか」

「口で言ってるだけで、本当はちゃんと好きなんでしょ？」

ぐ、と喉が鳴る。ごまかすようにコーヒーを啜ったが無意味だろう。サロンのオープン当初からの付き合いで、ロクでもない男と付き合っていた頃から何度も恋愛相談に乗ってもらっていた佐和子さんには敵わない。

私は無駄な抵抗をやめ、現状と正直な気持ちを白状したのだった。


来月、アキラと旅行をすることに決まった。行き先はどこでもいいというので、私の希望で神津島という伊豆諸島の小さな島になった。

アキラはお金持ちだから、もっと豪華なところに行きたいかもしれない。小さな離島に時間をかけて船で行きたいだなんて言ったら、ガッカリされるかもしれない。

ダメ元のつもりで提案したのだけれど、アキラは賛成してくれた。船やホテル、レンタカーなど、すべての手配は言い出しっぺの私がやるつもりでいた。

「いや、そんな必要はないよ」

アキラはそう言って、その場でクレジットカードのコンシェルジュサービスに電話をかけた。するとものの十分ほどで旅の手配は完了。翌々日には必要なチケットや日程表が郵便で送られてきた。

当然のように船の客室は特等室。港に着いたら宿の送迎車が来てくれて、いったん荷物を置いてから観光ができるという。さらに、レンタカーは私たちの到着前に宿へと届けてくれるらしい。

「こんなのおかしい。宿の送迎は普通にやってるみたいだけど、車をホテルに届けてくれるなんて、どこのレンタカー屋さんにも書いてないよ？」

私が指摘すると、アキラは首を傾げる。

「そうなの？　コンシェルジュの人がお願いしてくれたんじゃない？」

そう言った彼の顔を見てピンと来た。とぼけたふりをしているが、きっと特別料金を払っているのだ。

「アキラ、今回の旅費はおいくら？」

旅費について、送られてきた資料には一切の記載がなかった。不自然だ。私に見られたくないアキラが添付しないよう取り計らったに違いない。

「え？　あー、忘れちゃった」

案の定、アキラはまたしてもとぼけようとする。

「だいたいでもいいから教えて。絶対に折半するからね」

ただでさえ生活費すらまともに受け取ってくれないのだ。なんなら私の方が多く払うつもりでいる。

「いや、俺が出すよ。大した金額じゃないし、俺の都合で誘ったし」

「万単位だよ？　大した金額だよ！」

まったく、これだから金持ちは！

「まあまあ。俺そこそこ稼いでるし貯金もあるし、心配しないで」

「心配なんてしてないよ！　そうじゃなくて！」

このあと私がどんなにプンプン怒ってもアキラは旅費について白状せず、私が財布の中身を押し付けても受け取ることはなかった。

ある晴れの日の夕方。私は新規のお客様をお迎えした。

「いらっしゃいませ。初めてのお客様ですよね」

「はい。夏目と申します。よろしくお願いします」

パッと目を引く美人だ。例えるならユリの花。色白だけれど、人を惹きつける華やかさや凛《りん》としたカッコよさがある。

「こちらこそよろしくお願いします。では、ご案内しますね」

予約のデータによると、お名前は夏目莉里さん。二十六歳。土地柄か、うちは圧倒的に年上のお客様の方が多いので、年下のお客様は久しぶりだ。

肌も髪も爪もバッチリ手入れが行き届いており、ファッションも洗練されている。まつ毛にはしっかりとエクステが。着けてしばらく経っているようだ。ぱっと見だが、腕のいいアイリストに施術してもらっていることがうかがえる。美意識はかなり高いと見える。

綺麗でかわいい女の子が来てくれた。嬉しい。

「本日は眉のデザインですよね。カウンセリングシートを作るので、まずはこちらにご記入をお願いします」

「わかりました」

おお、字も綺麗。私はあまり字が得意ではないので羨ましい。

「ご記入ありがとうございます。それでは施術ソファーの方へどうぞ」

「はい」

スタイルもいいし、身のこなしも上品。知性が感じられる。

「いったん眉のメイク落としますね」

「はい。お願いします」

夏目さんのお悩みは、左右で眉の生え方が違うこと。濃さも高さも違うので、毎日眉メイクに苦労されているそう。

「先に描いた方に合わせてもう片方を描くんですけど、眉の形が日替わりになっちゃうんです」

「わかります。夏目さんはたぶん、左の方から描かれますよね」

「どうしてわかったんですか？」

「左の方が毛流れが整っているので、形を決めやすいと思うんです」

「まさにその通りです！」

多くの人は眉をメイクする際、地眉を基準に形を作る。実は地眉が左右対称の人はほとんどいないのだが、形を気に入っている方を基準に選ぶのが普通だろう。

彼女の場合、左右で生え方は違うけれど毛量はさほど変わらない。濃さが違って見えるのは生え方の問題だ。

今日はデザインとティントだけの予定だけれど、眉毛パーマで毛流れを調整してあげれば悩みが解決するかもしれないことを話すと、とても興味を持ったようだった。

「なりたいイメージはナチュラルということなので、いったん骨格に合わせて黄金比で描きますね」

「骨格、ですか？」

「はい。私は女性の場合、毛の生え方より骨格に合わせてデザインすることが多いんですよ。骨格の方が左右対称なので、無理なく仕上げやすいんです。それから太さとか、カーブとか、好みやイメージに合わせて調整していきます」

「へぇ〜、勉強になります」

彼女と相談した結果、黄金比より眉尻の長いゆるやかなカーブのデザインに決定。デザインに合わせて余分な毛だけをカットし、周りの産毛をワックスで脱毛。細かい部分をカミソリで剃れるのは、理容師の資格を持っている私の強みだ。

それからプロ用のティントでデザイン通りに皮膚を染め、ペンシルで少しだけ毛流れを描き足して仕上げる。

「すごい。すっごく綺麗。こんなに変わるものなんですね……！」

お客様の満足度は鏡を見る表情に表れる。彼女は満足してくれたようだ。よかった。

「ありがとうございます。市販のティントよりは長持ちしますけど、若い方は皮膚のターンオーバーが活発なので、持って十日程度だと思います」

「わかりました。消えちゃう前に覚えておかなきゃ」

施術が終わり、最後はお会計だ。タッチタイプのカード払いを希望されたので、タブレットで金額などを入力し、カードリーダー端末を差す。

「お待たせしました。タッチをお願いします」

すると彼女は、端末にタッチはせず、私に紙製のカードを差し出してきた。

「あの……？」

「私、こういうものです」

「え？」

彼女が差し出してきたカードをよく見ると、名刺だった。社名のところにDear Standardと書かれている。アキラの会社の名前だ。

え、待って。この人って、もしかしなくてもアキラの会社の人？

「棚澤社長の、彼女さんですよね？」

「え、あ……はい」

彼女と名乗っていいのか、ちょっと迷うところではある。

「私、社長の秘書……のような者です」

「のような?」

名刺によると所属は企画部となっている。秘書とは書かれていない。

「ディアスタでは正式に役員秘書を置いていないんですよ。けれど社長はスケジュールの管理やタスクの仕分け、様々な会合の手配までは手が回りませんし、そもそもお得意ではないので、私が管理させていただいています。まぁ、身の回りの世話係みたいな感じです。業界の人間にはＰＭＯ補佐と言えばおおむね伝わりますが、実質は個人セクレタリーですね」

綺麗な声でスラスラとビジネスっぽい言葉が出ていく。きっと日頃から話し慣れているのだろう。私にはさっぱり意味がわからなかったけれど、とにかくアキラが非常に世話になっている、重要な人材であろうことはわかった。

「そうだったんですか。アキラが大変お世話になっております」

とりあえず頭を下げたけれど、彼女の表情は好戦的だ。私に張り合おうとしているのが、なんとなくわかる。

彼女はおそらく、アキラに私の存在を聞いて、どんな女であるかを確かめに来た。それは忠誠心や親切心ではなく、彼女自身がアキラを憎からず思っているから……というのは考えすぎではないだろう。

なんといってもまだ三十路の若きイケメン社長。周囲の女性が放っておくはずがない。アキラが周囲の女性にどう接しているかは知らないけれど、普通に考えればモテるに違いないのだ。

だからいつかこんな日が来るだろうと、同居を始めた頃から覚悟はしていた。覚悟はしていたけれど、いざその時を迎えてみたところで普通に動揺する。

「いえいえ。こちらこそ、社長にはいつもよくしていただいています。あ、とりあえずお支払い、済ませますね」

彼女は今度こそカードを出して、タッチで支払いを済ませた。

「ありがとうございます。こちら、領収書とカードの控えです」

……見られている。頭のてっぺんから爪の先まで、値踏みするように。

正体を知らなかったから気づかなかったけれど、来店した時からこうだったのだろう。アキラの部下が来るとわかっていたら、メイク直しくらいしてからお迎えしたのに。

「正直、驚きました」

「え？」

「私の知る限り、社長は目立つ感じの女性がお好みのようだったので」

彼女は無遠慮に過去の女性の話題を出した。勤め先の社長の現恋人に過去の恋人の話をするなんて、非常識なのでは。

「へぇ。アキラって派手な女性が好きなんですか。意外ですね」

ムキになったら負けだと思い、なんともない風を装う。彼女の口ぶりからして、アキラの過去の女性たちにもいい感情を持ってはいないようだ。

もしかしてアキラは黒髪でナチュラルメイクになった私をつまらなく感じているかもしれないという不安は、いったん心の奥に押し込んでおく。

「社長との馴れ初め、うかがってもいいですか？」

「私たちは同郷で、中学の同級生なんです。ありきたりなんですけど、同窓会で再会して、意気投合したって感じで」

「そういえば、同級生だと社長に聞いたことがありました」

アキラは自分のプライベートを部下に話すタイプらしい。中学の頃は私がしつこく絡んでようやく打ち解けたのだけれど、やはりあの頃とは変わったようだ。

それとも、夏目さんだけ特別なのだろうか。アキラは私に会社の人のことなどほとんど話さない。

「会社でのアキラって、どんな感じですか？　昔は大人しくて人の前に立つようなキャラではなかったので、会社の代表だなんてピンとこなくて」

「生産性と効率にうるさいし仕事の質に厳しいですけど、いい社長ですよ。言動に筋が通っていて不都合なことがあっても隠さないので、みんな社長を信頼しています」

パッと表情が明るくなり、張り合うような話し方も緩和した。彼を上司として慕っているのは本心のようだ。中学時代のアキラは孤高の存在という感じだったけれど、今はいい人たちに囲まれて過ごしていることがうかがえる。

「へぇ。しっかりやってるんですね」

「まぁ、私が締め切りやスケジュール関係を管理しているから回ってるんですけどね。社長は没頭すると時計もスマホも見ないので」

彼女は誇らしげに胸を張る。手を焼くことがあるのだろう。

わかる気がする。アキラはしっかりしているように見えて、どこか人の話を聞いていないところがあった。そこは中学の時から変わっていないようだ。

「あはは、本当にありがとうございます」

彼女がアキラを慕い、一生懸命勤めてくれていることが嬉しい。慕われているアキラが誇らしい。そして、働いているアキラを間近で見られる彼女が羨ましい。

「社長、おうちではどんな感じなんですか？」

「う～ん、タブレットで本を読んでいることが多いかなぁ。休みの日もいつもの時間に起きて規則正しく生活しているので、偉いな～って思ってます」

我ながら薄っぺらい情報だ。ベッドの中以外ではあまり一緒に過ごすことがないから、それくらいしか言えることがない。

「あ～、わかります。社長って読書大好きですよね。気に入った本はしつこく薦められるので、私も自然に読書量が増えました」

「プライベートな時間を使わせてますよね。ご迷惑ではないですか？」

「いえ、まさか。いい本だけを読むことができるのでラッキーだと思っています。彼女さんは、どんな本を薦められました？」

「私は職業柄生活が不規則なので、健康の本を薦められました」

私たちはそれから五分くらいアキラのことをネタにおしゃべりをして盛り上がった。いや、盛り上がっていると思わせられるよう、大袈裟なくらいに笑った。実際は彼女の「彼のことを本当にわかっているのは私」というマウンティングを、私が受け流すという茶番だ。けれど互いにアキラを慕う者同士、会話自体は楽しかった。

「今日はいろいろアドバイスをくださってありがとうございました。眉パーマもいつか試してみたいので、またうかがいます」

「こちらこそありがとうございました。またいつでもお越しくださいね」

彼女を見送り、扉を閉める。美女とのおしゃべりで華やいでいたサロンがしんと静まり、途端にどっと疲れた。

夏目さんは綺麗なうえに知的で素敵だ。上品だけれど強《したた》かで、現代社会をキラキラ輝きながら生きる女性に必要なすべてを持っている。

こんなに素敵な女の子がそばにいるのに、なぜ私なの？

女性として好みでないのに、私が妻で本当にいいの？

先日、私のシャワー上がりにアキラが脱衣所のドアを開けてしまうという事件が起きた。私は裸を見られてしまったのだけれど、アキラは謝るだけで、興奮した様子など一切なかった。

一ヶ月弱一緒に暮らして、最近は一緒に眠るようにもしているのに、まだ一度もスキンシップがない。キスだって、反応はしてはくれるけれど、私からばかりだ。

アキラにも私を求めてほしい。アキラも私を好きになってほしい。

恋愛感情を求めない理性的な結婚を望んだのは私なのに、アキラに自分を女性として愛してほしいという願望が、間違いなく芽生えている。

ふと玄関の鏡に映る自分が目に入った。

崩れかけメイクの疲れた顔をした、飾り気のない黒髪の女。

ポリシーを持って黒髪ショートにしたのだけれど、派手だった自分を変えたのが正解だったのか、急にわからなくなった。


私がここにサロンを開いた当初、私は明るい金髪でギャルに近い派手なメイクをしていた。服も、髪型やメイクに合うものを着ていた。薬剤が服に付かないようエプロンを身に着けるので、なにを着るかはあまり重要ではないだろうと思っていた。

しかし。

「ここでお店を続けたいなら、その髪型とメイク、変えた方がいいわよ。服も、もっと街に合ったものを着るべきね」

広尾なのに原宿感丸出しの私に、そうアドバイスをくれたのは佐和子さんだった。

「街に染まることは街に安心を与えること。ここに根付きたいのなら、この街の人間をよく知って、倣って、馴染みなさい。個性を出すのはそれからよ。もちろん今のスタイルを貫きたいならそれでもいいけど、そんなあなたのサロンがこの街の人に快く受け入れられるかしら」

佐和子さんの言葉に感銘を受けた私は、近所を行き交う人々や住人をよく観察し、自分がどうあればこの街のアイリストとして受け入れてもらいやすいかを考えた。

この街では、楽しさより安心感、華々しさより重厚感、量より質を重んじる。当時の私は、ほとんど真逆だった。

それに気づいた私は、まずダメージの蓄積した長い髪を自然な黒髪に染め直し、ばっさりカットするところから始めた。それからずっと黒髪のショートヘアだ。

メイクも、多少のトレンドは取り入れつつ、綺麗に整えた眉とまつ毛が際立つナチュラルメイクに変えた。ナチュラルメイクでは肌の質感が最重要になるため、スキンケアにコストと手間をかけるようになった。ネイルは広尾にあるサロンでシンプルなデザインにしてもらうようにした。

衣類は本当になにを着ていいかわからなくて、佐和子さんに助けを求めた。すると彼女は親切にも、私の年頃で買いやすいブランドの名前をいくつか挙げてくれて、買い物にも付き合ってくれた。

そして完成したのが今の私だ。

飾り気はないが洗練された印象を与える、それまでの自分とはなにもかもが違う新しい自分。

ずっと派手にしていたから、初めはあまりにも落ち着いた自分に自信が持てなかった。けれど、来店してくれたお客様の態度や、出かけた際に受ける扱いの違いを実感したことで、自分の選択が正解だったことを知った。

「大丈夫。ちょっと疲れてるだけ」

鏡の自分に言い聞かせる。

六本木で活躍する若い女性の輝きが眩しいからって、私が萎《しな》びたわけじゃない。

三十分後。私が帰宅すると、アキラはリビングのソファーでビールを飲みながら、タブレットで読書をしていた。

「まちこ、おかえり」

「ただいま」

「今日は早かったね」

「うん。夜のお客さんがいなかったから」

部屋着だし髪もセットされていない。入浴は済ませたようだ。仕事に行く時のアキラはカッコいいけれど、夜のアキラはゆるっとしていてかわいい。

こんな彼を見られるのは私だけなのだと、心の中で夏目さんにマウンティング。

「ご飯食べる？　俺、準備するよ」

「うん、食べたいな。でもその前に」

私は彼に近づき、両腕を広げる。

「え？　なに、どうしたの？」

「ハグして」

アキラは立ち上がって、私をそっと抱きしめた。

温かくて癒やされる。アキラ特有のにおいがして、ときめく。

私はぎゅっとしがみついて、大好きなそのにおいを大きく吸い込んだ。

「どうしたの？　なにかあった？」

夏目さんが来たことは、いつかは報告するつもりだけれど、今は言いたくない。彼女のことを思い出してほしくない。

「ちょっと、疲れちゃって」

「お疲れ様。早くご飯食べて、ゆっくり風呂に入って」

「うん。そうする」

「今日も一緒に寝よう」

なんて自分から誘ったくせに、結局アキラは今夜もキス止まりで、それ以上を求めてはこなかった。

ver.5.0　夢幻的婚前旅行

◇

　七月に入り、梅雨が明けた。

　梅雨の間も暑かったけれど、明けてから気温がグッと上がり、最高気温は連日三十五度を超える。日光に熱されたアスファルトの上を歩きながら、東京のヒートアイランド現象は深刻だなと思った。故郷の依ヶ浜は東京より緯度が低いけれど、これほど暑くはない。

　私とアキラの関係は相変わらずだ。生活リズムも休みも合わないため、顔を合わせるのは寝る時くらい。七月に入ってからは一度だけ外で一緒に食事をしたのだけれど、デートらしいことができたのはその日だけだ。

　そして相変わらず、アキラがスキンシップを求める素振りはない。キスはあんなに甘くて情熱的なのに、そこから先には進もうとしない。健康な三十路の男女が一ヶ月以上一緒に暮らしているのに、まだプラトニックって……普通のカップルならセックスレスと表現される由々しき事態なのでは。

「まぁ、お互い休暇に向けて仕事の調整で忙しいし、私はまた深夜や早朝に施術しているから時間も取れないし、仕方がない……よね……」

そう言い聞かせ、自分を励ます。

私から誘ってみるべきだろうかと、思うこともある。けれど眠っている彼を叩き起こしてまで「したい」と訴えるのは、どう考えても理性的ではない。

それに、自立した女を気取っているくせに情けないと思われるかもしれないけれど、最初はやっぱり男性の方から求められたいという乙女的な願望がある。だから私は、〝いつでも受け入れるつもりがあるよ〟と態度に表しているつもりだ。

アキラはそれに気づいていないのか、それとも気づいているけれどスルーしているだけなのか、私にはわからない。

今度の旅行では、きっと。

だって何日もずっと一緒にいるんだから。


旅客船「さるびあ丸」の竹芝港出航時刻は午後十一時ちょうど。

私とアキラは午後九時前に旅客船ターミナルに到着し、乗船手続きをして、九時三十分頃に船へと乗り込んだ。

　さるびあ丸は約二年前に新しくなったばかり。船体も船内も爽やかさを感じる青と白のカラーリングだ。六階建てになっており、私たちが宿泊する特等室は五階。室内はおしゃれなホテル仕様で、ベッドが二台のツインルームだ。壁や天井は青、ベッドやソファーは白でコーディネートされている。大きな窓から景色を眺められるのもいい。シャワーやトイレも部屋に付いているので、船内にいることを忘れてしまうほど。

「思ったより快適だなぁ」

　普段と同じTシャツにジョガーパンツというスタイルで旅に臨むアキラは、感心したように部屋を見回っている。

「本当だね。むしろその辺のビジネスホテルなんかよりずっと綺麗」

　対して私は普段よりラフな格好だ。ゆったりした無地Tシャツに、ストライプ柄のワイドパンツ。靴は歩きやすいスポーツサンダルを履いてきた。

「たしかに」

　私たちは部屋に荷物を置き、ひと通り部屋の設備を確認し終えると、船の後方にあるデッキへと移動した。レインボーブリッジや台場エリアの夜景が素敵で、乗客はこぞって写真を撮っている。

「私も撮りたい！」

「俺も。……夜景モードだとブレるな」

「あんまりわからないけど、船が揺れてるんだね」

ビル群の隙間に東京タワーやスカイツリーも見える。

「あ～さすがにスカイツリーを綺麗に撮るには遠すぎるね」

「拡大するとやっぱりブレる。船で夜景を撮るのは難しいよ」

そして定刻午後十時。銅鑼《どら》が鳴らされ、私たちを乗せた船は出航した。

出航から間もなく、船はレインボーブリッジの下を通過。その迫力ある光景、華やかにライトアップされた台場のテレビ局、品川《しながわ》埠頭のクレーン群、羽田《はねだ》空港に離着陸する飛行機を眺める。

景色に飽きたところで船内に戻り、施設や共有スペースを散策。特に賑わっていたのは自販機のエリアだ。ペットボトル飲料や酒類だけでなく、おつまみや軽食、カップラーメンの販売もあり、給湯設備もしっかりしている。

小腹の空《す》いた私たちはレストランに入った。アキラはビールを一杯、私はマンゴージュースと揚げたてのカレーパンを頂いた。

「このカレーパン、美味しい！　アキラも食べて」

「本当だ、うまっ！　これが三百円は安い」

アキラとこんなにはしゃぐのは初めてだ。

「ふふっ」

なんだか嬉しくて、つい笑いを漏らしてしまった。

「どうしたの？」

「楽しいね！」

私がそう言うと、アキラもにっこり笑顔になった。

「うん。楽しいな」

なんて幸せなのだろう。好きな人との旅行って、こんなにも楽しいんだ。

ふたたびデッキに戻ると、真っ暗な海しか見えなくなっていた。そろそろ就寝時間になるとアナウンスがあったため、私たちは客室へと戻る。

順番にシャワーを浴び、ふかふかのベッドに飛び乗って目覚ましをセット。

「日の出の時刻が四時半過ぎだから、朝日を見るなら四時半前には起きなきゃ。アキラは無理しなくていいからね」

「俺も付き合うよ。ご来光を見るのは五月に依ヶ浜でまちこと見て以来だ」

「私も。空がカラフルで、すっごく綺麗だったよね」

アキラが私に結婚を提案したのはあの時だ。思い出すと胸が熱くなる。

「あの景色は一生忘れないよ。俺たちの関係の、始まりの景色でもあるからさ」

あの日の景色と思い出を、アキラも大切に覚えてくれていたことが嬉しい。

「朝早いし、もう寝るね」

私はそう告げ、掛け布団の中に入る。するとアキラは隣のベッドの枕を持って、私が寝ている方のベッドへと潜り込んできた。

「まちこ、詰めて」

グイグイ体を押し込んでくる。体の密着具合、そして押し倒されているようなアングルに、心臓が高鳴った。

最近はずっと一緒に寝ているけれど、たいてい私が彼のベッドに潜り込む形だ。彼が私のベッドに入ってくるということはほとんどない。

「このベッド、シングルだから狭いよ」

寝られないことはないが、いつもよりずっと距離が近い。

「でも一緒に寝るだろ？」

アキラは当然だと言わんばかりに口角を上げる。

「じゃあ、今日はアキラがおやすみのキス、してくれる？」

「今日は？」

「アキラは先に眠ってるから気づいてないかもしれないけど、私、毎日何度もおやすみのキスをしてるんだよ？」

私が白状すると、アキラはクスクス笑って私を抱きしめた。そして私の顔を彼の方へ向け、チュッと唇を触れ合わせる。

「じゃあ当然、明日はまちこがおはようのキス、してくれるんだよな？」

「え？」

「まちこは眠ってるから気づいてないかもしれないけど、俺も毎朝何度もまちこにおはようのキスしてる」

「え、そうなの？」

私ばっかりキスしているんだと思ってた。アキラもしてくれてたんだ。嬉しい。

狭いベッドで体を絡ませ、浅く深く、何度も唇を触れ合わせる。

もしかしたらこの流れでスキンシップ？

初めて繋がる場所が太平洋上というのも、なかなか素敵かも……と期待したのだけれど、アキラは私の服の中には一切触れずに眠ってしまった。

旅はまだ、始まったばかりだ。

翌朝九時。

私たちは結局朝日を見ることなく神津島に降り立った。

神津島には港がふたつあり、海の状況によって着岸する港が変わる。今日着岸したのは東側の多幸湾《たこうわん》だ。

山を削ったような白い断崖が青い空と海のキャンバスに映えている。自然が作り出した圧巻の景色が、私たちを迎えてくれた。

断崖のふもとは白浜になっていて、海水浴場が開かれている。海水は依ヶ浜出身の私たちでも見たことのないくらい透明で、どこを見ても美しい。

しかし私たちは、その素晴らしい景色を楽しむことができずにいる。

「うう……ごめんまちこ……」

「仕方ないよ。船、揺れたもん」

「酔い止め、飲めばよかった……」

南の海上に低気圧が発生している影響で、早朝から海が時化《しけ》ていたらしい。私たちは予定通り四時半前に起きたのだけれど、船は波に乗って激しく上下し、まっすぐに歩くのもままならないほど揺れていた。

この状態でデッキへ移動するのは危険であると判断し、日の出を見るのは断念。それから二度寝をしてふたつ前の新島に着岸したタイミングで目覚めたのだけれど、身支度している途中でアキラががっつり船酔いしてしまった。

小さなキャリーケースを引き、船を降りてゆっくりと歩く。港にはホテルや旅館の送迎車が何台も来ている。自分たちの宿泊先の車を探していると、「棚澤様」と書かれた紙を持っている中年男性を見つけた。

「棚澤です。お世話になります」

ダウンしているアキラの代わりに私が声をかける。棚澤と名乗るのはちょっと照れくさい。

「お待ちしておりました。車はもう宿の方に来ていますよ。お連れ様は……船酔いですか？」

「……はい……すみません」

「あはは。今日は船が揺れたようですね。宿に着いたら、ゆっくり休んでください」

「ありがとうございます」

私たちが宿泊するのは、島の西側にある古い旅館だ。カード会社のコンシェルジュはリッチなアキラにふさわしい高級なところを探してくれたようだけれど、この島にゴージャスなホテルなどない。とはいえ「海に近い宿がいい」という希望をしっかり叶えてもらえたので、私はとても楽しみにしている。

旅館の男性の話によると、私たちの他にもうひと組若いグループが宿泊するらしい。グループはすでに荷物だけ預けて天上山《てんじょうさん》へハイキングに行ったそう。この暑い中なのに、とても活発なようだ。

多幸湾から島の西側までは山道だった。アキラは船酔いに加えて車酔いの憂き目に遭うことになり、余計に辛《つら》そうにしている。

「移動お疲れ様でした。お部屋でゆっくり眠れば酔いも醒めますよ。船酔いのいちばんの薬は睡眠ですからね」

部屋に案内してもらうなり、アキラはベッドにダイブ。寝室の大きな窓から青い海が見えるけれど、楽しむ余裕はないようだ。

「アキラ。自販機でお水買ってきたよ。飲める？」

「ありがとう……。ごめん。俺、今日はもうダメだ」

「ううん。船で移動したいって言ったの、私だもん。かえってごめんね」

船員さんに聞いてみたけれど、あんなに揺れるのも珍しくはないそうだ。アキラがこんなに酔うのなら、飛行機にすればよかった。

「いや、酔う体質だってわかっていたのに酔い止めを飲み忘れた自分が悪いよ。ていうか太平洋舐めてた。もっと穏やかな海だと思ってた」

「あんなに大きな船を浮かべたり揺らしたりするんだもん。海ってすごいよね」

自然の力の大きさと人間のちっぽけさを、この船旅で知った気がする。

「まちこはこれからどうする？」

「アキラがひとりで大丈夫なら、私ひとりで観光してくるよ。車もあるし」

「病気じゃないんだし、俺は大丈夫。ひとりにしてごめん。楽しんできて……」

「謝らないで。明日もあるし、私、ぼっち行動まあまあ好きだし」

アキラだって知っているはずだ。私は中学の頃からずっと誰かと群れることなんてほとんどなかったし、今だってひとりでサロンを経営している。

「そうだな。頼もしくて助かるよ」

私は船でお腹が空《す》いた時のために買っていたバランス栄養食ふた箱と水をもう一本、アキラの手の届くところに置いた。船酔いのせいで今はまったくお腹が空いていないようだけれど、回復すればペコペコになるに違いない。

「じゃあ、行ってくるね」

「いってらっしゃい。気をつけて」

「うん。ゆっくり寝てね」

私は部屋を出て、駐車場に届いているレンタカーに乗った。陰になっている場所に駐まっているとはいえ、車内はなかなかの暑さだ。

朝食をとっていないので、まずはご飯を食べに行こう。それから島の観光地をひと通り巡って、明日は一日かけてアキラをスムーズに案内する。そうすればアキラは限られた時間で効率よく観光できるし、私は憧れていた島を二回も巡ることができる。

「我ながら天才的なプランだわ」

私はポジティブな気持ちで島のパンフレットを開き、行き先に目星をつけ、ナビをセット。車のミラーを調整し、リアブレーキを解除して発車した。


私はまず、よっちゃーれセンターの二階で刺身定食を頂いた。それから食後の運動がてら、前浜海岸《まえはまかいがん》を散歩した。約八百メートル続く白浜に、抜群の透明度を誇る海水。その美しさは見事としか言いようがない。

私はスマートフォンで写真を何枚か撮影し、アキラに送ろうとして、やめた。やっぱり生で見てもらいたい。

この海岸は海水浴場でもあるけれど、平日の昼間ということもあって人はまばらだ。

青い海が日光を反射してキラキラしている。

靴に入り込んだ砂を払い、駐車場に戻る。車に乗り込み、次の行き先を決め、発車。

目的地まではひたすらまっすぐなので、ナビは設定しないことにした。

北に向かって二十分弱運転してたどり着いたのは赤崎遊歩道《あかさきゆうほどう》だ。海にせり出す険しい岩場に作られた木製の遊歩道で、眼下は海水浴場やシュノーケリングスポットになっている。

海水浴場といっても砂浜ではなく岩場なので、下は石がゴロゴロしている。しかしだからこそ、海水の透明度を目で楽しむことができる。透明度日本一は伊達《だて》でなく、クリアな海水や海底の岩に映る水面の影の美しさは、筆舌に尽くしがたい。

「エメラルドグリーンの海って実在するんだ……！」

私はここでも写真をたくさん撮影した。遊歩道からの景色はもちろん、下へ降りて海も撮った。透明度やキラキラ感がより伝わるよう、海は動画にも収めた。

この素晴らしい景色をお客様にも見てもらおう。きっと喜んでくれるはずだ。

景色を楽しむこと、そして写真や動画を撮ることに夢中になった私は、結局この場所に一時間半以上もとどまったのだった。

赤崎遊歩道そばの駐車場に戻った私は自動販売機でスポーツドリンクを買い、ボトルの半分以上を一気に飲んだ。景色に夢中になっているうちにちょっと日焼けしてしまった。車に戻ったら日焼け止めを塗り直さなければ。

「お姉ちゃん、いい飲みっぷりだねぇ」

声をかけてきたのは初老男性だ。シワのあるポロシャツにハーフパンツ、ビーチサンダル。地元の人だろうか。

「ええ。たくさん汗をかいたので、喉が渇いちゃって」

「観光かい？　どこから来たの？」

「東京です」

「ここも東京だよ。一応ね」

「あはは。そうでした」

おじさんはこんな格好をしているけれど、タクシーの運転手らしい。私の車のふたつ隣に駐まっているワゴンタイプのタクシーが彼の車だそうだ。

「ひとりで来たの？　珍しいね」

「いえ。彼と来たんですけど、船酔いで」

「ははは！　今日は時化《しけ》たか。そりゃしょうがねぇ」

おじさんは「夜には酔いが醒めるだろ」と、星を見るのにいいスポットを教えてくれた。それは依ヶ浜の朝日スポットのように車道の途中にある路側帯のような場所で、観光客にはあまり知られていないとっておきの場所なのだとか。

島のパンフレットは「よたね広場」という公園を星の観測スポットとして紹介しているのだけれど、車があるのなら路側帯の方がいいだろうと教えてくれた。

「今日は月が下弦で出が遅いから、真夜中過ぎまでなら満天の星が見られるよ」

「ありがとうございます。さっそく今夜行ってみます」

「おう。島を楽しんでってくれよな」

素敵な情報をくれたおじさんに缶コーヒーをご馳走し、車のエンジンをかける。エアコンが効くまで暑い車内に入るのはやめて、その間に日焼け止めを塗り直した。

「ありがとうございました!」

おじさんに再度お礼を言って、車に乗る。

今度は島の南へ向け、アクセルを踏んだ。

それからいくつかの観光スポットを巡り、宿に戻ったのは午後五時頃だった。

「おかえり、まちこ」

アキラはベッドから出ていて、座卓にタブレットを乗せて仕事らしいことをしていた。

「ただいま。具合はどう？」

「お陰様でかなりよくなったよ」

アキラはそう言って体を動かしてみせた。顔色もいいし、もう大丈夫そうだ。ベッド脇に置いておいたバランス栄養食も食べられた様子。船酔いは病気ではなく運と体質だから、アキラも今日一日を回復のために使うことになって、もどかしかったことだろう。

「ずっと眠ってたの？」

「いや、二時間くらい前に目が覚めて、大丈夫そうだったから少しだけ散歩したんだ」

「へぇ。どのあたりまで行ったの？」

「まちこは車で行けるところに行くだろうから、俺は歩きでしか行けなそうなところを目指して、とりあえずあてもなく歩いてみた。そしたら古い商店……ほら、依ヶ浜の木下《きのした》商店みたいなところがあったから、入ってみた」

「あ～！　木下商店、懐かしいね！」

木下商店とは依ヶ浜中学校の近くにある個人商店だ。お菓子やジュース、酒類やおつまみ、パンやサンドイッチなどが売っているお店で、人好きのするおばちゃんがひとりで切り盛りしている。店内は狭くて薄暗いのだけれど、依ヶ浜で生まれ育った人間にはとても馴染みのあるお店なのだ。

「暑かったからそこでコーラを一本買って飲んだんだけど、炭酸が半分くらい抜けててさ。賞味期限は切れてなかったけど、いったいいつ入荷したコーラなんだか」

「あははは！　海を渡ってる間に抜けちゃったのかもね」

部屋に私たちの笑い声が響く。今日は一日別行動だったけれど、アキラが退屈していなくてよかった。

もしかしたらアキラは、船酔いしたことで「島になんか来るんじゃなかった」と後悔し、船旅を切願した私を恨んでいるかもしれないと不安だった。でも、アキラはアキラなりに楽しんでくれていたようだ。私はそのことに大きく安心し、アキラのいいところを新しく知ることができて嬉しくなった。

「まちこはちょっと日焼けしたね」

「そうなの。景色を見るのに夢中になっちゃって。私としたことが、日焼け止めの塗り直しをおろそかにしちゃった」

「ははは。俺もちょっと焼けたかも」

「でも下見はバッチリだから、明日一緒に島中を回ろうね」

夕食は六時からでお願いをしている。まだ少し時間があるので、その前にお風呂へ行き、潮や汗を流した。

メイクを落とすと鼻と頬骨あたりに日焼けの赤みが余計に目立っている。

「あ～、鼻はちょっと剥《む》けちゃうかなぁ」

これも旅の思い出だと割り切って、美白ケアの美容液を浴びるように塗っておいた。


夕食は部屋ではなく、食堂で頂くことになっている。食堂は宿泊している部屋からすぐの大部屋に設けられていた。

広い部屋に、私たちともうひと組の宿泊客の分だけテーブルが用意されている。もうひと組はまだ宿には戻っていないようで、今は私たちの貸し切りだ。

「棚澤様ですね。こちらのテーブルへどうぞ」

愛想のいい女性スタッフに案内され、窓の景色が見える奥の方のテーブルへ。

テーブルにテキパキ並べられたお料理は、予想に反してとても豪華だった。

「料理すごくない？」

「本当だな」

メインは金目鯛まるまる一匹の煮付け。新鮮さが見た目にもわかるツヤツヤのお刺身。程よくサラダやお新香も添えられている。椀ものは牡丹海老《ぼたんえび》の出汁がよく効いていて、茶碗蒸しには名産品の明日葉《あしたば》が使われていた。

地魚をふんだんに使った豪華な会席料理は本当に素晴らしくて、それをアキラと「美味しいね」と言い合いながら食べるのがとても楽しい。

私たちが食事をしている間、窓からは真っ赤な夕焼けが差し込んでいた。食事を終えた頃には日がだいぶ傾き、そろそろ太陽が地平線に差し掛かるというところだった。

「食後の運動に、海辺をお散歩されてはいかがです？　今日はよく晴れているので、いい夕日が見られそうですよ」

スタッフにそう勧められて、私たちは宿を出た。昼よりはずっとやわらいでいるけれど、外はまだ暑い。海辺の通りまでは歩いてすぐだ。

「まちこ、見て。空が真っ赤だ」

「うん。今は雲ひとつないから空のグラデーションが綺麗だね」

「もうすぐ沈みそうだ。海に光の道ができてる」

五月にふたりで見た朝日の景色と似ているけれど、七月の太陽の方がずっと力強い。季節が変わったのだなと、改めて実感する。

この二ヶ月で、私たちの関係は大きく変わった。関係が変わっていくにつれ、生活も少しずつ変わっていった。

初めはアキラの一般人離れした生活レベルに驚いたし、戸惑った。十分程度の通勤を面倒に感じたり、お互いになかなか会えないことを不安に思ったりもした。

太陽の沈み具合で空の色がどんどん変わっていくように、私たちの関係や生活もまだまだ変化を続けるだろう。

どうかそれが、この景色のように輝かしく美しいものでありますように。

私は時折アキラの横顔を見ながら、心の中で強くそう願うのだった。


太陽が海の向こうへ行ったところで宿へと引き返し、戻った頃には空は真っ暗になっていた。ここでもすでに東京とは比べ物にならないほどの星が見える。

私たちはより美しい星空を求め、車に乗っておじさんに教えてもらったスポットへと向かう。

運転するのは私だ。アキラは「俺が運転しようか?」と言ってくれたのだけれど、暗くて見通しが悪い道を走るので、おおまかに行き先がわかっている私の方がいいだろうということで落ち着いた。

「俺、助手席ばっかりだな。男なのに」

世間的には男性が運転手を務めることの方が多いのだろうけれど、私はそんなことは気にしない。

「いいじゃん別に。私、運転好きだし」

「え、そうなの？　車買う？」

アキラが軽くそう言ったので、私は面食らってしまった。

「いらないよ。職場も住まいも徒歩圏内だし、乗る機会ないでしょ」

アキラはあまり車に興味がないようだけれど、私がうっかり欲しいと言えば来週にでも超高級外車が納品されてきそうで怖い。

太陽の光で明るかった昼間とは違い、夜は暗くて静かだ。街灯が少ないのは、天然のプラネタリウムと称される星空を光害から守るためだろう。

これから行くところは昼間に現地の人から教えてもらったのだと話すと、アキラは目を丸くして驚いた。

「え、タクシーのおじさん？」

「そう。駐車場で話してたら教えてくれたんだ」

「……まちこって、コミュ力高いよね」

「そうかな？」

「中学の時だって、なぜか陰キャの俺にグイグイ来てたし」

「そうだっけ」

とは言ったけれど、よく覚えている。当時の私はどうしてもアキラを自分の手でイケメンにしたくて、なんとか仲よくなろうとしていた。結局アキラをイケメンにする役は、私ではない誰かに奪われてしまったけれど。

目的地に近くなると、街灯がほとんどなくなり、光源が車のヘッドライトのみという状態になった。

「なんかすげー暗くね？」

「うん。さすがにちょっと怖い」

ガードレールの反射板のおかげでなんとか周りの様子がわかるといった感じだ。

山の曲がりくねった道をゆっくり進み続けると、車が数台停められる路側帯が現れた。あまりに暗いので危うく見逃すところだった。おじさんが教えてくれた特徴と一致するのでここだと確信し、車を停める。先客はいない。

安全のためヘッドライトを点けたまま車を降りる。下の方で波の音がする。暗くて見えないけれど、ここも海に近いようだ。

アキラがこちらに来るのを待って、ライトをオフにした。

辺りが真っ暗になり、星空だけがはっきりと浮かび上がる。

「わあ……！」

「すごいな……！」

あまりの美しさに、思わず声が出た。

黒のベルベットの上に無数のダイヤモンドをちりばめたような星空は圧巻だ。天然のプラネタリウムと謳《うた》われるのも、もはや納得しかない。

暗さに目が慣れてくるにつれて見える星が増え、美しさがどんどん増していく。

「おお、天の川が肉眼で見えるな」

「え、どこ？」

「ほら、あそこ。星が帯状に集まってるだろ？」

「ほんとだ……。あ！　流れ星！」

「俺も見た！」

アキラの喜んでいる顔が見たくて、私は視線を空から横に移した。すると彼も私の方を向いていて、不意に目が合う。暗いから表情まではよく見えないけれど、笑顔であることはわかった。

「まちこ」

名前を呼ばれた瞬間、私は正面から温かいものに包まれた。アキラ独特のいいにおいに、宿の浴場のボディーソープの香りが混じっている。

私も彼の背に腕を回し、甘えるように抱擁に応えた。アキラに抱きしめられると、胸がきゅうっと絞られる。体中の細胞がアキラの方へ行きたがっている。私と彼を隔てているすべてのものが焦れったい。

「ねぇ、アキラ——ん……」

キスして、とねだる前に唇が触れた。触れて、擦れて、食まれて。呼吸のタイミングで温かいものが侵入してきたのを、喜んで受け入れる。

舌と舌が擦れ合う振動が体中を甘く痺《しび》れさせた。気をしっかり持っていないと、腰が砕けてしまいそう。

アキラがいったん私の唇を解放する。私はその隙に呼吸を整えた。

「板築まちこさん」

「はい」

「僕と結婚してください」

告げられた言葉はあまりに真剣で、私の胸を大きく揺さぶった。

依ヶ浜で結婚を提案された時とは、言葉に込められた熱の量が明らかに違う。

「突然どうしたの？　私たち、結婚するために一緒にいるんでしょ？」

私が首を傾げると、アキラは私を抱く腕に力を込めた。

「そうだけど、そうじゃなくて……。俺もう、まちこ以外と結婚するなんて考えられない。まちこと結婚したい」

喉の奥から絞り出したような声。きっと本音だと思う。

そう言ってもらえて嬉しい。だって。

「私だって、もうアキラ以外考えられないよ」

「幸せにする。どうやったら幸せにできるかはこれから考えるけど、俺、まちこを幸せにしたい。まちこを幸せにして、俺も幸せになりたい」

私の胸は感動で震えっぱなしだ。体の奥から溢《あふ》れ出《で》る感情を留《とど》めておけず、つい目からポロポロとこぼしてしまった。

「そんな言葉がもらえるなんて、思ってなかった」

うっとりするような甘いシチュエーションや燃え上がるような感情はいらないなんて言っておきながら、本当は自分がこんなプロポーズに憧れていたのだと思い知る。

私、憧れが叶ったんだ。運命の人にプロポーズ、してもらえたんだ。

「ああ……まちこ、泣かないで」

突然グスグスしはじめた私に、アキラが狼狽《ろうばい》している。

「だって嬉しいんだもん」

「じゃあ、結婚してくれる？」

「はい、もちろん。私でよければ、よろしくお願いします」

返事をした瞬間、アキラの背後で星が流れた。

空がまた私たちを祝福してくれているようだ。

◆　◆

私たちはそれからすぐに車に乗り、宿に向けて出発した。

もっと星を堪能したい気持ちはあったけれど、それより一刻も早く、もっとアキラとぴったりくっつける場所に行きたかった。

私たち、今夜こそ、きっと。

私はドキドキしながら、来た時よりも少しだけ強くアクセルを踏んだ。

悪夢を見た。

俺が会社を潰しそうになった頃の夢だ。

一度目は二十三歳の頃。

当時はケンジとふたりで外注の仕事を受けながら自社でもサービスをいくつか作っていたのだが、発注元が倒産してしまい、納品した分の入金が得られず自社サービスも共倒れしそうになった。

その時は自社サービスを他社に売却することで難を逃れた。本当はもっとサービスの価値を育ててから高く売却するつもりだった。安く売ることにはなってしまったけれど、買い手が付いたことで会社と俺たちの生活はなんとなかった。

二度目はその約二年後、二十五歳の頃だ。

この頃には会社が少し大きくなっていて、従業員も十人ちょっとまで増えた。従業員を雇うようになったことで、社長としての責任は二年前と比べると格段に重くなった。会社を立ち上げただけの名ばかり社長ではなくなって、気が大きくなっていた頃でもある。

業務形態は変わらず、外注の仕事を受けながら自社でもサービスを開発するという形を取っていた。

しかし社運を賭けて開発していた大掛かりなサービスが大コケ。ユーザーが付かないから金は入らないし、当然買い手も付かない。コストばかりがかかるのに「これだけ手間をかけて作り上げたのだから、もう少し粘れば好転するかも……」という望みを捨てきれず、ズルズル運営を続けた。つまり損切りしなかった俺の経営判断ミスである。

結果、会社の運転資金がほとんどなくなり、融資もほとんど受けられず、いよいよ来月は従業員の給料を支払うことすらできないかもしれないというところまで追い込まれた。

この会社には従業員がいる。ケンジとふたりだった頃とはワケが違う。みんなの生活を守ることが社長の仕事だ。でも、それができないかもしれない。

重責に押しつぶされ、一緒に頑張ってきた仲間が去っていき、付き合っていた女性にも捨てられた。ケンジとも、当時は毎日のように言い争っていた。

どんなに考えてもどんなに動いても問題が解決しなくて、毎日絶望が更新されていく。ストレスと過労で心も体も限界に達し、俺はとうとう倒れた。

「ブラックアウトって、本当にあるんだ」

視界が暗くなっていくのを感じながらのんきにそう思ったのを、今でも覚えている。

――目が覚めると、見覚えのない部屋にいた。

大きな窓から青い空と海が見える。そうだ、まちこと旅行に来ているんだった。しかし情けないことに、船酔いでダウンしてしまったのだ。

ぐっすり眠ったことで酔いはずいぶんよくなった。けれど悪い夢のせいで気分はあまりよくない。

ゆっくり体を起こし、まちこが用意してくれた水を飲む。水と一緒にバランス栄養食も置いてある。その気遣いが嬉しくて、俺はまたまちこに惚れ直した。

ここのところ、まちこと一緒にいると落ち着かない。

悪い意味ではない。まちこがあまりにかわいくて、綺麗で、魅力的で、自分がいつ理性を失ってしまうかわからずハラハラしてしまうのだ。

俺が理性的な男であることを証明するために、まちこから求められるまで手は出さないと決めた。けれど、まちこを目の前にすると揺らぐ。昨夜だって、船のベッドでイチャイチャしながら心の中で葛藤《かっとう》していた。

特別なシチュエーションだし、初めての思い出には最適なのでは？　いやダメだ。

まちこはそんな風に思っていないかもしれない。でも、イチャイチャしてくれるから、少しくらいそんな気持ちになってくれているかも。いやいや、もし勘違いだったら旅行の間、気まずすぎるぞ。

ああ、もう。どうしてまちこはあんなに色っぽくていいにおいがするのだろう。キスまでで抑えられた俺は、なかなかの聖人君子なのではなかろうか。

まちこは「ひとりで島を観光してくる」と言い、レンタカーに乗って出かけていった。過剰に心配するわけでもなく、「ひとりで観光なんて無理」と俺が寝ている横でつまらなそうに時間を潰すわけでもない。しっかり自分を持っており、自分で考え、自分で行動できる。俺はまちこのそういうところを素晴らしいと思っている。

これまでの元カノとの付き合いは、「俺がやってあげなければならない」とか「俺がなんとかしなければならない」と気負ってばかりだったが、まちこは何事も自分で決めるし、解決する。ちょっとのことで心配をしたり余計な気を遣ったりする必要がないというのは、非常に楽だし、安心だ。

「その分、俺がまちこにしてあげられることは少ないんだけどな……はは」

乾いた自嘲が部屋に響く。いいタイミングで外から子供たちの笑い声も聞こえてきた。学校が終わり、下校の時刻らしい。

体調も回復したし、まちこを見習って少しは活動するか。

ベッドを出て、一度大きく体を伸ばす。鈍った体のところどころがバキバキ鳴って、血が巡りはじめる。

洗面台で寝癖を直し、ポケットに財布とスマートフォンだけを突っ込んだ。

午後四時前だが日差しはまだまだ強い。暑さを覚悟しながら、俺は宿の部屋を出た。


二回目に会社を潰しそうになった時に助けてくれたのは、河内《こうち》さんという、うちにECサイトの制作を委託してくれている、まだ新しい会社の経営者だった。

河内さんは男の俺が見惚《みと》れてしまうほど整った顔をしているイケメン社長で、年は俺より五つ上だ。若い経営者同士ということもあって意気投合し、プライベートでも弟のようにかわいがってくれていた。

「うちの会社、潰れるかもしれません」

倒れて入院することになった俺は、病室でそうメッセージを入れた。もしうちが倒産したら、彼の会社のECサイトを別の会社に引き継がなければならない。迷惑をかける前にと思って連絡をしたのだけれど、彼はわざわざ俺の病室まで来てくれた。

「バカ野郎！　どうしてもっと早く相談しなかったんだ！」

事情を話すと、河内さんは俺を本気で叱ってくれた。俺はボロボロ泣いて反省の言葉を繰り返した。

「とりあえず俺が出資する。これだけあれば立て直せるか？」

彼はディアスタンダードの将来性を信じて、ポンとまとまった金を出してくれた。

さらに彼は「経営者は孤独だからな。相談できる人間は多い方がいい」と言って、俺を経営者の集まりに連れ回してくれた。おかげで相談できる相手はもちろん、いろいろなコネもできて、新しい仕事もポンポン入るようになった。

縁が縁を生み、コストばかりかかって持て余していた自社サービス「ココサローニャ」も、その後間もなく大手のサロン予約サービスと提携させることに成功。爆発的にユーザーが増え、我が社は嬉しい悲鳴をあげることになった。

「ディアスタを潰そうとしていたサービスが、ディアスタをでっかくしたなぁ」

ココサロの成功、そしてディアスタのV字回復を、河内さんはそう言って喜んでくれた。俺は出資してくれた倍の金額を返そうとしたのだけれど、彼は頑として借りた分の金額しか受け取ってくれなかった。

「その分を、今度はおまえが誰かに出資してやれ」

彼との出会いは、会社にとっても俺個人にとっても、大きな幸運だった。俺もこんな社長——いや、こんな男になりたいと心底憧れている。
河内さんとは、あれから五年経った今でも変わらず仲よくしてもらっている。最近プロポーズに成功したと聞いたので、あの時受け取ってもらえなかった利息は祝儀として押し付け……もとい、受け取ってもらうつもりだ。

神津島の町をぶらぶら歩いていると、いつの間にか住宅地のエリアに入っていた。古い車がすれ違えるかどうかというくらいの狭い道。やや雑に作られた白い路地。古い家屋が多い中、時たま新しい家屋が現れる。上を見れば山。下を見れば海。景色や海のにおいがする風が吹くところは、故郷である依ヶ浜とよく似ている。

あてもなく散策しているうちに喉が渇いてきた。どこか飲み物を買える場所はないか探しながら歩き続けると、古い個人商店を発見した。

「これ、開いてるんだよな……？」

入り口はガラスの引き戸になっていて、店の中の様子は見える。直管の蛍光灯に照らされた店内は日の光の強い外から見ると薄暗く、店員らしき人もいない。商品のラインナップは菓子類、ペットボトルや缶の飲料、酒類、つまみ、パンやサンドイッチなど。まさに田舎にある個人商店という感じだ。依ヶ浜にも似たような店があった。

「こんにちはー」

とりあえず声をかけながら店に入った。返事はない。会計の時にまた声をかければいいさと、ドリンクコーナーでペットボトル飲料を物色。しばらくすると奥の方から初老女性が出てきた。

「いらっしゃいませ～」

「こんにちは」

「あらお若い人。この辺の人じゃないわね。観光で来られたの？」

女性は動作も話すスピードもゆっくりだ。俺は気を抜くとすぐに早口になってしまうので、努めて女性のテンポに合わせることにする。

「はい。東京の本土から」

「都会から！　いいわねぇ。おひとりで？」

「いえ、彼女と来ました。今はちょっと別行動中です」

まちこを「彼女」と表現するのはまだ照れる。

「ケンカでもしたの？」

「まさか。僕が船酔いで動けなかったので、先にひとりで観光してもらってるんです」

「うふふ、そうだったの。酔いがよくなったようでよかったわ」

女性はそう言ってゆっくりと会計台のところにある椅子に腰かけた。

「ありがとうございます。あ、これください」

俺はコーラのペットボトルを会計台に置いた。表示通りに小銭を出し、会計を済ませる。

「どうもありがとう。存分に島を楽しんでいってね」

「はい。船酔いも回復したので、これから満喫します」

俺は爽やかな気持ちで店を出て、すぐにペットボトルのキャップを開けた。喉が渇いていたのを思い出し、一気に半分ほどを喉に流す。

「……甘っ」

商店で買ったコーラは冷えてはいたけれど、絶妙に炭酸が抜けて刺激が弱く、甘ったるかった。たったそれだけのことが妙におかしく感じられて、俺はひとり、クスクス笑いながら宿へと帰った。

「ただいま。具合はどう？」

まちこが宿に戻ってきたのは午後五時を過ぎた頃。俺は持参していたタブレットで、少しだけ仕事をしていた。

「おかげさまでかなりよくなったよ」

俺が体を動かしてみせると、まちこは安心したように微笑んだ。ふっくら盛り上がった頬骨のあたりが日焼けしている。俺がそれを指摘すると、まちこは恥ずかしそうに笑った。

「景色を見るのに夢中になっちゃって。私としたことが、日焼け止めの塗り直しをおろそかにしちゃった」

観光を満喫できたようでなによりだ。

俺たちはそれからすぐに風呂に入り、豪華な夕食を美味しく頂いた。神津島自慢の食材がふんだんに使われた料理は、言うまでもなく美味しかった。

しかし俺は、目の前の料理に目を輝かせ、口に入れるたびに「美味しい」と幸せそうに笑うまちこを見つめるのに忙しくて、美味しかったということ以外あまり覚えていない。

「食後の運動に、海辺をお散歩されてはいかがです？　今日はよく晴れているので、いい夕日が見られそうですよ」

給仕の女性にそう勧められ、俺たちは腹ごなしに近くの海辺に出た。日没はもう間もなく。西の空はオレンジを通り越して、紫がかった赤色に染まっている。

「まちこ、見て。空が真っ赤だ」

「うん。今日は雲ひとつないから空のグラデーションが綺麗だね」

「もうすぐ沈みそうだ。海に光の道ができてる」

これと似た景色を、五月にもふたりで見た。まちこに結婚を提案したあの朝だ。

あれからおよそ二ヶ月半。努めて理性的に、少しずつ距離を縮めた。まちこが驚いて引いたり逃げたりしないよう、本当はがっつきたいところを必死に我慢して、少しずつ俺をまちこの生活に溶け込ませた。

空が太陽の位置次第で少しずつ色を変えるように、俺とまちこも一緒に暮らすようになったことで関係が変わっていった。ケンカをしたこともあったけれど、順調に信頼関係を育んでいると思っていいだろう。

まちこは家政婦に家事を任せる生活にも慣れたようだし、自ら俺のベッドに潜り込んでくる程度には甘えてくれるようにもなった。

このまま俺を好きになってくれないだろうか。都合のいい結婚相手としてではなく、男として俺を求めてくれないだろうか。理性なんて取っ払って、本能のまままちこと求め合いたい。

……なんて望むこと自体、まちこに対する裏切りだ。

俺はこれ以上邪《よこしま》な気持ちが湧き上がらないよう、日没を楽しむ彼女の美しい横顔からそっと目を逸らした。

日没を見届け宿へと引き返す。着いた頃には空が完全に漆黒に染まり、星が瞬いていた。天然のプラネタリウムと称される神津島の星空を楽しむことは、この旅行の大きな目的のひとつだ。

幸運なことに今日は快晴。雲はほとんどない。月が出るのも夜遅くなってからなので、より多く星を楽しめる条件に恵まれた。

美しい星空をゆっくり眺められるという場所を目指し、俺たちはレンタカーに乗り込む。

「俺が運転しようか？」

当然のように運転席のドアを開けたまちこにそう問うと、彼女は首を傾げた。

「どうして？　運転したいの？」

「そういうわけじゃないけど。昼間もずっと運転してたんだろ？　疲れてるかなって思って」

かたや俺はほとんど寝っ転がっていた。体力は有り余っている。

「片道一車線のシンプルな田舎道だから疲れてないよ。見通しの悪い道を走るし、だいたいの場所がわかってる私が運転した方が安全だと思うんだけど」

「それは……たしかに」

助手席に座り、シートの位置を調整してベルトを締める。まちこは今日一日でこの車に馴染んだのか、慣れた手つきでエンジンをかけ、エアコンのパネルを調整し、発車した。

「俺、助手席ばっかりだな。男なのに」

古い価値観かもしれないが、進んで運転席に座れる方が男らしいと思う。

俺だってたまにはカッコつけたい。まちこに男らしいと思われたい。

「いいじゃん別に。私、運転好きだし」

「え、そうなの？　車買う？」

都心に住んでいると特に必要もないので所有するつもりはなかったのだけれど、まちこが欲しいのなら、本土に戻ったその足で車を買いに行ってもいい。マンションの地下駐車場に空きはあったはずだ。

まちこは面食らったように目をパチパチさせ、首を大きく横に振る。

「いらないよ。職場も住まいも徒歩圏内だし、乗る機会ないでしょ」

なんだ、せっかくまちこにプレゼントができそうだったのに。

しかしうっかりそう口に出すと「度が過ぎている」と怒られてしまいそうなので、俺はまた別のプレゼントを考えることにしたのだった。


今向かっているところは、五月に朝日を見たところのような山間の路側帯らしい。

「そんなとこ、よく知ってたね。ネットに書いてあったの？」

今どきは検索ワードに〝穴場〟などと入力すれば、地元民でも知らないようなマニアックな場所が出てきたりするから便利な時代だ。

「ううん。タクシーのおじさんに教えてもらったの」

「え、タクシーのおじさん？」

「そう。駐車場で話してたら教えてくれたんだ」

ちょっと待て。駐車場で話してたらって、ナンパか？　まちこは綺麗だからありえる。

「……まちこって、コミュ力高いよね」

信用していないように聞こえると嫌だから、心配や嫉妬は見せない。船酔いで潰れていた俺が悪い。

「そうかな？」

「中学の時だって、なぜか陰キャの俺にグイグイ来てたし」

それで何度勘違いしそうになったことか。

「そうだっけ」

胸にズキンと鈍痛が走る。そうか、まちこは忘れてしまったのか。

あの頃まちこが俺に「アキラは絶対にカッコよくなる」と言い続けてくれたことは、俺の自己承認欲をおおいに満たした。それが自己肯定感と自信に繋がったから、〝学生のうちに会社を興す〟なんてクレイジーな選択ができたのだ。

まちこはいつでも俺を導く女神だった。

しかしそれは俺が勝手にそう思っているだけで、まちこは自分が俺に多大な影響を与えているとは、微塵《みじん》も思っていないだろう。

ここは商業施設のようなものもほとんどない離島だ。島のメインストリートを走っているが、街灯が設置されているくらいで、本当になにもない。対向車もあまりおらず、数分に一度すれ違うくらいだ。

昼間なら海や山の景色が楽しめるのだろう。今は夜。右も左もただ真っ暗で、灯台が見える位置にいる時だけそこが海であることを実感できた。宿から離れるごとにどんどん街灯の数が減って、街灯自体も頼りなくなる。

「なんかすげー暗くね？」

「うん。さすがにちょっと怖い」

レンタカーのヘッドライトを頼りに曲がりくねった道をゆっくりと進む。カーブのガードレールには反射板が施されていて、そこだけやけに眩しい。

「あ、ここだ！」

まちこが車を停めたのは、ただの路側帯だった。空が開けて見えるくらいで、辺りには街灯もなにもない。あえて〝ある〟と表現できるのは、転落防止のガードレールくらいだ。星を見るならこれくらい暗く、なにもない方がいい。

車を降りると下の方から波の音がした。下は海のようだ。暗い中で離れていたくなくて、まちこのいる運転席側に回った。

「消すよ」と告げ、まちこがヘッドライトを消灯。視界が瞬時に暗転し、星空が俺たちを包み込むように浮かび上がる。

「わあ……！」

「すごいな……！」

思わず感嘆の声が漏れた。俺の知っている星空とは、星の数がまるで違う。天然のプラネタリウムと謳われるそうだが、人口のプラネタリウムとは美しさの質が違う。

あれは夏の大三角だ。デネブ、ベガ、アルタイル。都心ではこの三つが見えれば上等だ。しかしここでは、大三角以外にも小さな星がはっきりと見える。

網膜の桿体細胞が活発になるにつれ、見える星がどんどん増えていく。すると大三角のあたりに、流れるような星の集まりがあることに気づいた。

「天の川が肉眼で見えるな」

依ヶ浜も田舎で星がよく見えるけれど、天の川が見えるほどではなかった。

「え、どこ?」

「ほら、あそこ。星が帯状に集まってるだろ?」

「ほんとだ……。あ! 流れ星!」

ちょうど俺が指をさした先で、星が流れた。

「俺も見た!」

まちこの喜んでいる顔が見たくて、視線を空から横に移す。するとまちこも俺の方を向いて、しっかりと目が合った。暗くてはっきりは見えないが、嬉しそうに笑っている。

それが嬉しくて、胸がぎゅっと締めつけられ、熱くなった。溢れるほどの幸福に泣きそうになる。暗くてよかった。目が潤んでしまったことはバレていないはずだ。

まちこにはずっと笑顔でいてほしい。幸せであってほしい。

彼女を笑顔にするのも、幸せにするのも、俺でありたい。

そう願った瞬間、まちこの背後でまた星が流れた。このささやかな願いを、あの星が聞き入れてくれるだろうか。

「まちこ」

名前を呼び、正面から抱きしめた。彼女も俺の背に腕を回し、甘えるように身を任せてくれる。

愛しくてたまらない。自分にもこんな感情が湧くのだと、初めて知った。

「ねぇ、アキラ――ん……」

彼女がなにを言おうとしたのかはわからないが、待ちきれずに唇を奪った。強く触れ合わせ、食むように感触を楽しみ、隙を狙って侵入する。

一切の抵抗をせずに受け入れてくれたので、遠慮なく彼女の舌に触れた。

「……あっ――」

まちこが小さく喘《あえ》ぎ俺にしがみつく。自分でもわかっている。これはもう、キスではなく愛撫《あいぶ》に近い。

いよいよ理性が吹っ飛びそうになったところで、俺は慌てて唇を放した。

まちこの呼吸が荒くて熱い。もっととねだるように腕に力が入っている。

耐えろ。理性を取り戻せ。俺はまちこの夫になりたいのだ。

「板築まちこさん」

「はい」

「僕と結婚してください」

口から出ていった言葉に、自分で驚いた。今日ここで言うつもりはなかった。

いつか正式にプロポーズするつもりで、サプライズをとか指輪とか、いろいろ考えていたのに。彼女との結婚を強く望みすぎて、言葉が先に出てしまった。

「突然どうしたの？　私たち、結婚するために一緒にいるんでしょ？」

まちこは不思議そうに首を傾げる。

「そうだけど、そうじゃなくて……」

まちこのことが好きなんだ。大好きなんだ。きみがそういう男を求めているから理性的な男を演じているだけで、本当はいつでも煩悩と戦っている。

「俺もう、まちこ以外と結婚するなんて考えられない。まちこと結婚したい」

煩悩に溺れることを許されるために結婚したいわけじゃない。誠心誠意、きみと一緒に人生を歩みたいと思っている。

俺の気持ちを知ってか知らずか、まちこは穏やかな声で告げる。

「私だって、もうアキラ以外考えられないよ」

勘違いしてしまいそうだ。

わかっている。まちこは俺を適正なパートナーとしか見ていない。

「幸せにする。どうやったら幸せにできるかはこれから考えるけど、俺、まちこを幸せにしたい。まちこを幸せにして、俺も幸せになりたい」

気の利いた言葉など思い浮かばない。ただ頭に浮かんだことが口から出ていく。カッコつかないセリフばかりで恥ずかしい。それでも気持ちが伝わればいいと思った。

「そんな言葉がもらえるなんて、思ってなかった」

まちこが目に涙を浮かべ、グスッと洟《はな》を啜《すす》る。まさか泣かれるとは思わなかった。

「ああ……まちこ、泣かないで」

「だって嬉しいんだもん」

嬉しい？　本当に？

「じゃあ、結婚してくれる？」

「はい、もちろん。私でよければ、よろしくお願いします」

「やった……！　ありがとう……！」

嘘みたいだ。夢みたいだ。まちこからＯＫがもらえた。

十二年ぶりに再会したあの日、ダメ元で契約結婚を提案してよかった。

十代の頃の俺よ、喜べ。まちこが俺の妻になる。


俺たちは星どころではなくなって、急いで宿へ戻った。

車を駐め、手を繋いで早足で部屋へ入り、扉が閉まりきる前にキスを始める。

「なぁ、まちこ」

いい？　とは口に出さず、表情で訴える。

「ん、早く……」

そう聞こえた瞬間、俺は自分の理性がふっと消えてしまうのを感じた。

まちこの手を引き、明るい居間を抜けて照明のついていない寝室へ。昼間俺が寝ていたベッドにまちこを押し倒す。

細い腕。美しいふくらみのある胸元。白い首筋。潤んだ瞳と唇が居間から差し込む光を反射している。

なんて光景だ。クラクラする。

数秒見つめ合って、さっきより深く激しく唇を重ねた。お互いの息遣いが部屋中に響いて、どんどん官能的な気分が高まっていく。

「アキラ……」

誘うように名を呼ばれ、俺はとうとうまちこの衣類の中に手を滑らせ——ようとした、その時。

「きゃはははは！」

壁の向こうから若い男女の笑い声が聞こえてきた。

船酔いしていてよく覚えていないけれど、そういえば俺たちの他にもうひと組、若いグループの宿泊客がいると聞いた気がする。

「……壁が、薄いみたいだな」

離島の宿ということもあってか、旅館というよりは民宿に近い。これまでは俺たちしかいなかったので、こんなに音が漏れる作りになっているとは知らなかった。

「そうだね……」

笑い声がここまではっきり聞こえるくらいだ。俺たちがそういうことをすれば、当然その声があっちの部屋に届くことになる。

今すぐまちこを俺のものにしたい。けれど、それを人に聞かれたくはない。

すっかりその気になっている体と落ち着こうとしている頭が激しいバトルを繰り広げる。こんなに苦しい葛藤は初めてかもしれない。とはいえどうするのが正解かは明らかだ。

俺はまちこの首元に顔をうずめ、大きく深呼吸した。

「……今日のところは、やめとくか」

いや、もう、本っ当～に苦しいけれど。静かにコソコソ致すという選択もあるけれど。まちことの最初の一夜を中途半端に済ませるのは嫌だ。

「そうだね……」

まちこが体を起こし、ベッドから出る。残念そうな表情を見ると、また心がぐらついた。

「あははは」

若いグループは酒でも飲んで盛り上がっているのか、また笑い声が聞こえてきた。

うん、ダメだ。この宿でスキンシップは諦めよう。

「明日もあるし、着替えて寝よう」

「うん。私、先に歯磨きしてくる」

「ああ。じゃあ俺は先に着替えてる」

熱を持て余していたこともあり、今日は別々のベッドで寝ることにした。

「おやすみ」

「うん、おやすみ」

まちこは、隣のベッドに入って数分後には寝息を立てはじめた。一日中ひとりで島を観光したから、疲れているのだろう。

船酔いでずっと眠っていた俺は、なかなか眠れず深夜まで悶々《もんもん》としていた。

ver.6.0 建設的契約締結

◇

神津島旅行は最高だった。

初日こそアキラの船酔いで予定が狂ったけれど、そのおかげで私はあの素敵な島を二回も観光できたし、海も星も感動的に綺麗で、天気にも恵まれ、プロポーズという素敵な思い出もできた。

心残りがあるとすれば、せっかくいい雰囲気になったのに、宿の壁の薄さを理由にスキンシップを諦めざるをえなかったことくらいだ。けれどまぁ、アキラも私と関係を深める気があるとわかったから、よしとする。

もちろん、ものすご～く焦れたけれど、壁が薄かったのだから仕方がない。本音を言うと、声を潜めてでもあのままアキラと繋がりたかった。でもはしたない女だと思われてしまうかもしれないから、そうとは言えなかった。

帰りはフェリーではなく、ジェット船を利用した。午前中に神津島を出航して、いくつか島を回り、到着は夕方だ。海も穏やかでほとんど揺れなかったので、アキラも船酔いせずに過ごすことができた。

竹芝港で船を降り、アプリで呼んでおいたタクシーで自宅マンションへ。私は当然ここで降りるつもりだったのだけれど、アキラはなぜか「このまま乗ってて」と私を制した。

「いったん荷物を預けてくるので、待っててもらえますか」

アキラは運転手にそう告げ、キャリーケースを引いてマンションへ入り、すぐに手ぶらで戻ってきた。ケースはコンシェルジュに託したのだろう。

「どこ行くの？」

「とりあえず銀座かな」

「銀座？」

私が首を傾げると、アキラは私の左手を取ってにっこりと笑む。

「婚約指輪と結婚指輪、買いに行きたいんだ。そういうのは六本木より銀座でしょ？」

薬指を撫でられ、私の胸にときめきが走る。まるで恋愛ドラマのヒロインにでもなったような、ふわふわした気分だ。

「……うん！」

恋愛ドラマ的な憧れのシチュエーション体験は、もう不要だと諦めたはずなのに。

そのうえでアキラとの契約結婚を目指しているのに。

私はすっかり浮かれてしまっている。理性的に契約結婚をする過程が、こんなにもときめきに溢れていていいのだろうか。


数寄屋橋《すきやばし》でタクシーを降りて、銀座の街へ繰り出した。

私にもアキラにもこれといって憧れているブランドなどはない。とりあえずブライダルジュエリーを扱っていそうなショップを検索しつつ、いくつか巡ることにしたのだが。

「検索したら何十件も出てきちゃった」

こんなにあると、どこに行けばいいかわからない。

「マジか。とりあえず知ってるブランドに絞ろう」

アキラはそう言うが、知っているブランドもそれなりにたくさんある。五月から結婚するつもりで生活していたのだから、指輪の予習くらいしておけばよかった。

「アキラはなにか希望はないの？」

「ない。まちこが気に入ったものを無条件で買う」

「無条件って。私が何百万円もする指輪が欲しいって言いだしたらどうするの」

私は冗談でそう言ったのだけど、アキラはきょとんと目を丸くした。

「え？　こういうのって、男の方の給料三ヶ月分なんだろ？」

「は？」

大昔にそんなＣＭが流行ったらしいと聞いたことはあるが、それを信じている人がいるとは思わなかった。ネットで見た記事が確かなら、相場としてはせいぜい一ヶ月分ちょっとのはずだ。もちろん、普通のサラリーマンの。

「さすがに億って言われたらちょっと考えるけど、百万円台なら安すぎるんじゃ——」

「待った！　私、怖くてそんな高い指輪、着けられないからね！」

百万円台を安すぎるだなんてとんでもない。

アキラはいつでもシンプルな格好で、ブランド物を身につけたり高級車を乗り回したり高級時計をコレクションしたりしているわけではないから、すっかり忘れていた。

こう見えて、びっくりするほどのお金持ちなのだった。


しばらく銀座を彷徨《さまよ》っていると、「efflorescence by HANABUSA《エフロレッセンスバイハナブサ》」と書かれた看板が目に入った。依ヶ浜に住んでいた頃、よくテレビでＣＭを見ていたブライダルジユエリーブランドだ。

「あ、ハナブサだ」

私とアキラの声が重なる。直感的にここだと思った私たちは、店に入ることにした。

店内は黒と紫を基調にした高級感と重厚感のある内装で、天井には大きなシャンデリアがぶら下がっている。シャンデリアの下に指輪を展示する長いガラスケースが正方形を作るように並べられ、その内側には制服であろう黒のスーツを着たスタッフが数名待ち構えている。

「いらっしゃいませ。ご予約のお客様ですか？」

若い女性スタッフに恭しく頭を下げられ、恐縮する。私もアキラも旅行帰りのラフな格好なのだけれど、こんな店にTシャツとスポサンで来てはいけなかった気がする。

「いえ。看板を見てフラッと入ったんです。予約が必要でしたか？」

「現在の時間は空いておりますので、予約なしでもお入りいただくことができます。どうぞごゆっくりご覧くださいませ」

「ありがとうございます」

アキラは服装などまったく気にしていない様子だ。お店側もなにも言わない。来てしまったのだから仕方がない。私も恐縮するのはやめて、スポサンで堂々とフロアへと入ることにした。

最初に目に入る正面のケースには、ひと際華やかなデザインのリングが展示されていた。

「すごい。綺麗」

ダイヤの指輪がライトを浴びて、濡れたように光を反射している。

キラキラ瞬いて、まるで神津島で見た星空みたい……なんて思っていると。

「ダイヤの指輪って、思ったより安いんだな」

おそらくこの店で最も高級な指輪を展示しているケースを前に、アキラがボソッと呟いた。彼が見ている指輪の値札には七桁の数字が記載されている。

宝石に興味のない男性なのだから仕方がないが、相場を知らないのだろう。

とはいえ、この値札を見てその言いよう。呆れてものも言えない。

彼の呟きを聞き逃さなかった中年の女性スタッフが、上品だけれど圧を感じる笑顔でこちらにやってきた。

「よろしければ、上の階もご覧になりませんか。きっとご満足いただける作品をご提案できると思いますよ」

上の階って、ＶＩＰルームですよね？　私、そんなに高価な指輪を買うつもりは

――

「あ、本当ですか？　まちこ。上にもあるって。行ってみようよ」

私が応える前に、アキラが返事をしてしまった。

「え、でもまだここもよく見てないし……」

「上の階の展示も、リングのデザイン自体は同じものになります。ただ、ダイヤの大きさやクラリティのバリエーションが増えますので、ご覧いただく価値はあると思いますよ」

バリエーションが増える……つまり、より大きくてクラリティの高いダイヤがあるということね。値段を見るのが怖いんですけど。

アキラが乗り気なので、私ものこのこついていく。

まぁ、見るだけならタダだ。

なんて思っていたのだが、私たちは結局このお店で七桁の買い物をすることになったのだった。

今日初めて知ったのだけれど、efflorescence――略称エフロは、指輪のデザインと素材、そしてダイヤモンドを選んで、職人に手作りしてもらうセミオーダーメイドのジュエリーショップだった。今日この場で指輪を持って帰れると思っていたアキラは、ちょっと不満気に唇を尖らせる。

「指輪の完成まで一ヶ月かぁ。長いな」

「一ヶ月でも短い方だって言われたでしょ」

通常は二ヶ月。しかしアキラが気に入って選んだダイヤが高価なものだったので、VIP待遇で早くなったのだ。私はもっと小さなダイヤでよかったのだけれど、「俺はもっと大きいやつをプレゼントしたい」とアキラが納得しなかった。

その代わり、エンゲージリングもマリッジリングも、デザインは全面的に私の好みのものを選ばせてもらった。

「完成が楽しみだな」

店を出てすぐ、アキラは「へへへ」とはにかんで私の手を取った。手を繋いで歩くなんて、まるで本当の婚約カップルみたい。

「うん。楽しみ」

彼の金銭感覚には呆れるばかりだけれど、指輪の完成自体は本当に待ち遠しい。

私は手をきゅっと握り返し、甘えるように体を寄せる。

「あ、あとはアレだな」

アキラが突然思い出したような調子で言う。

「アレって？」

「婚前契約書」

……契約書。

突如降りかかったしかつめらしいワードに、ロマンチックな気分が一気に萎む。

「ドラフト版をもらって以来進めてなかったけど、そろそろ煮詰めていこうか」

「……そう、だね」

胸がズキンと痛む。悟られたくなくて、無理に笑顔を作った。

今さら傷ついてバカみたい。契約結婚を望んだのは私の方なのに。

アキラと再会したあの日、恋愛感情抜きで結婚するメリットを散々語った自分が恨めしい。けれど彼はそんな私の結婚観に魅力を感じて私をパートナーに選んだのだ。

彼に恋をしたから恋愛結婚がしたいなんて、今さら言いだせない。

翌日の土曜日から、私はまた多忙になった。旅行のために予約の日程を調整していたので、これからまたしばらく朝から深夜までサロンに入り浸る。

加えて、世間は夏休みだ。この時期は祭りやフェス、海やプールなどの水遊び、旅行などのイベントが増えるので、美容業界は書き入れ時。水に濡れても落ちないまつ毛エクステや眉ティントの需要は爆増する。私のような個人事業主にとって、この時期の売り上げは生命線といっても過言ではない。

アキラはアキラで、休暇を取った際に溜《た》まった仕事の消化で忙しくなるようだ。私ほど帰りが遅くなることは滅多にないが、ふたたび彼の眠っている顔しか見られない生活になるのは寂しい。

神津島の宿でスキンシップを諦めて以来、お互いになんとなくソワソワしているのは感じているものの、生活リズムが合わないこともあって、行為には至っていない。一日一回の定例キスも、眠っているアキラを極力起こさないようにしている。アキラもきっと、朝から私を起こさないようにしてくれているのだろう。あの夜が嘘のように、私たちの距離感は元に戻ってしまった。

ただし、結婚の話は少しずつ進んでいる。婚前契約書の内容、両家への挨拶や顔合わせの日取り、ふたりで行う結婚式……。やりとりはほとんどトークアプリ上だ。

結婚は人生において最大級のイベントなのに、顔も合わせず話が進むことに違和感はある。

でも、きっとアキラとなら大丈夫。

私は自分にそう言い聞かせて、燻《くすぶ》る違和感に目を瞑った。

八月に入ってすぐのある日。

「顧問弁護士から俺たちの婚前契約書が完成したと連絡があった」

アキラからそう連絡を受け、私は六本木にある株式会社ディアスタンダードのオフィスにやってきた。

ディアスタは大きめのオフィスビルの中にテナントとして入っている。チープな表現しかできないのが悔やまれるが、〝今風の会社〟という雰囲気だ。白とグレー、そしてブルーのみの色合いでコーディネートされた室内はおしゃれで明るい。

ガラスの壁越しに見える数十名もの社員はみなシルバーのノートパソコンかタブレットを持っていて、服装はほとんどの人がカジュアルだ。男性はアキラのようにTシャツにジョガーパンツやハーフパンツというラフな恰好の人が多く、女性はギャルっぽい人もいればキャリアウーマン風の人もいる。仕事中のファッションがバラエティに富んでいるところも、なんだかIT企業っぽい。

立派なオフィスに多くの社員。こんな会社の社長をやっているアキラはすごい人なのだなと、改めて思った。

オフィス内にいる人は、社長であるアキラを含め、首に社員証を提《さ》げている。私もビジターカードというものを提げさせられた。これがなければオフィスには入れないという。

また、ディアスタのオフィス内は土足禁止になっている。オフィスといえばスーツで革靴の営業マンやハイヒールのキャリアウーマンがコツコツ足音を鳴らしているイメージがあったのだけれど、ここはそんな感じではないようだ。

オフィスに勤めるという経験をしたことのない私は、オフィスビルに入ることなどほとんどない。ここで目にするすべてのものが目新しく感じる。

「そんなに珍しい？」

キョロキョロと見回す私を、アキラが笑う。

「ごめん。挙動不審だったよね」

「いやいや、我が社に興味を持ってもらえて嬉しいよ」

彼に案内されてやってきたのは、「meeting room 1」という表札のある部屋だ。

「板築さん、お待ちしておりました」

「ディアスタンダードへようこそ」

部屋の前で、以前私のサロンに来てくれた夏目さんと、夏なのにスーツを着ている男性が私を迎えてくれた。

「板築まちこと申します。本日はお邪魔いたします」

「紹介するよ。こちらが専務をやってもらってる竹下健二」

「初めまして。アキラから聞いていた以上にお美しい方で驚きました」

仕立てのいいスーツにきちっとセットしたアップバング。Tシャツにパーマヘアのアキラより、竹下さんの方がずっと顕要そうに見える。

「ありがとうございます。お世辞でも嬉しいです」

竹下さんは初期からのメンバーで、会社が潰れそうになった時もアキラを信じて一緒に頑張ってくれた、大切な仲間なのだと聞いている。

「お世辞なんかじゃないですよ。アキラが自慢する気持ちがよ〜くわかりました。この間も旅行のことで……」

「おいケンジ、余計なこと言うな。そしてこの女性は――」

「夏目莉里です。先日はお世話になりました」

夏目さんは変わらずユリの花を思わせる色白美人で、フェミニンでふわっとした服装だけれど、凛とした隙のなさも感じられる。仕事ができそうだ。

「こちらこそ、ご来店ありがとうございました」

「あ、そうか。ふたりは面識あるんだっけ」

「うん。一度サロンに来てくれたって、伝えたでしょ？」

「サロンにはまた伺うつもりなので、よろしくお願います」

口角は上っているけれど、目は笑っていない。今でも私とアキラの関係には納得していないようだ。それでも、あの日私がデザインした通りの眉を描いてくれていて嬉しい。

ふたりは私に挨拶だけして、各々の仕事に戻っていった。私――というより未来の社長夫人に挨拶するだけのために時間を取ってくれたようだ。

「じゃあ、部屋に入ろうか」

「うん」


ディアスタの顧問弁護士である岡本《おかもと》先生が私とアキラ双方の意思を汲み取って作ってくれた婚前契約書は、全部で十五条、三ページに及ぶ。

先生は詰屈な日本語で書かれた文書を丁寧に説明してくれて、逐一「意思と相違はありませんか？」と確認してくれる。また、質問をすれば丁寧に解説してくれた。

「それでは、直筆でご署名と押印をお願いします」

婚前契約書三部と婚姻届一部が差し出される。立会人と保証人のところには、すでに岡本先生と竹下専務の名前が記載されていた。

私の横に座っているアキラは、迷うことなくペンを握り、スラスラと住所や名前を書きはじめた。

角ばっている綺麗な字だ。中学の時のアキラの字とあまり変わっていない。

「ペン、もう一本ございますよ」

「あ、はい。ありがとうございます」

先生が差し出した、高級そうなペンを受け取る。いいペンだからか、やけに重い。

契約書の内容には満足している。双方の役割や権利が明確になって、安心だ。

私とアキラは再会してまだ三ヶ月。一緒に暮らしはじめてからは二ヶ月ちょっと。

こんな私たちが人生のパートナーとしてうまくやっていくために婚前契約が有効であることは、自分で力説したのだからよくわかっている。

初めは信頼できる古い友人としてしか見ていなかった。私の奇特な結婚観をよしとしてくれるところや生活圏が同じであるところをはじめ、諸々の条件がいいから、パートナーとしていい関係を築けるだろうと確信した。

けれど自分にこれほどの恋愛感情が芽生えたこと、そして「夫に女性として愛されたい」という願望が捨てきれていなかったことは、大きな誤算だ。

アキラは私を家族として愛してくれるだろう。

けれど、女性として愛してくれるかはわからない。

こんな契約と婚姻関係を結んで本当にいいのだろうか。一生片想いに苦しむことにならないだろうか。

彼にとって私との契約結婚は、ビジネスの契約とさして変わらないのだと思う。地位や名誉、富など、なんでも持っているアキラは妻に求めるものが極端に少ない。気が合い、お互いを思いやれる相手なら、きっと誰でもいいのだ。

ペンが重い。住所も名前も、なかなか書き進まない。

私が一部書き終える間にアキラは二部を書き終え、婚姻届への記入に差し掛かっていた。迷いがないのは、日々億単位の契約に神経をすり減らしている彼にとって、私との婚前契約などそう重いものではないからだろう。

すべての書類に必要事項を書き終え、必要な箇所に実印を押した。朱肉の色が白黒の書類に映えている。

婚姻届は結婚式をした翌日に一緒に提出しに行く予定だ。

もうしばらく結婚を悩む猶予があることに、私は密かに安心した。

八月十三日。私とアキラは夏季休暇を利用して依ヶ浜へと帰ってきた。お互いの実家に結婚の挨拶をするためだ。

本来なら、まずはそれぞれの実家に挨拶をしてから後日改めて両家顔合わせという手順を踏む。しかし私たちは生活の拠点が東京で、どちらも多忙だ。加えて同郷であるため、両家は親しくはないものの、顔見知りではある。初めから両家を集めて、一気に済ませてしまおうということになったのだ。

私たちが契約結婚をしようとしていることは、家族には黙っておくことにした。お互いの両親も、きょうだいも、みんな恋愛結婚をして幸せに暮らしている。私たちの特殊な結婚のせいで余計な心配をさせたくないし、反対されると面倒だと、アキラと意見が一致した。

「はぁ……」

依ヶ浜へ向かう新幹線の中、私は無意識にため息をついた。

「まちこ、緊張してる？」

「うん……ちょっとね」

実はひとつ、懸念していることがある。それはアキラのお姉さんのことだ。

アキラのお姉さんこと遥《はるか》さんは、私たちより二学年上の先輩だ。中学一年生の頃、私は二ヶ月だけハルカ先輩が部長を務めるバドミントン部の部員だった。

私は茶髪や金髪、時には赤や青を入れるなど、とにかく派手な髪色をしていた。当然ながら髪を染めるのは校則違反。私は毎日のように教師に説教を食らっては「将来のためだから正当だ」と主張し反抗していたのだが、そのせいで部やハルカ先輩にも迷惑をかけてしまい、退部をしたという経緯がある。

また、美容学校からの友人が彼ママに結婚を反対されイビられた話を聞いたこともあり、そうなってしまったらどうしようという不安もある。

もちろん、そうとは口に出さないが。

「アキラは落ち着いてるね。普通こういうのって、男の方が緊張するんじゃないの？」

「う～ん、俺もそう思ってたんだけど、意外と平気。会社が倒産寸前で精神的に死にそうだった頃と比べれば、だいたいなんでも大丈夫だって思えるんだよね」

「さすがは一社の長。肝の据わり方が並みじゃないね」

この人と一緒ならきっと大丈夫だと思える根拠が、ようやくわかった気がする。

アキラは今日、珍しくスーツを身に纏っている。といっても真夏なので、ジャケットとネクタイは会場に着いてからだ。かっちりとキメているアキラはいつもよりちょっとカッコいい。

私は佐和子さんのお店で購入したライトグリーンのセットアップだ。久しぶりに履いたパンプスが、すでに窮屈で仕方がない。

両家の顔合わせはランチタイムに合わせて午前十一時半から。依ヶ浜で最も格式高い食事処と称される「あこや亭」の個室、「青海の間《あおみのま》」にて。

青海の間はその名の通り、依ヶ浜自慢の紺碧の海が見られる部屋だ。海に面した大きな窓があるためとても明るく、襖《ふすま》や欄間《らんま》、床の間などはよく手入れされている。私はあこや亭には今日初めて来たのだけれど、こんなにも高級感のあるお店なのだと知って驚いた。

ここは座敷としても使われる畳の部屋なのだが、今回は双方の家族がリラックスして食事を楽しめるよう、テーブル席にセットしてもらった。

上座である海側に向かって右に板築家。左に棚澤家が座る。我が家は父と母、そして兄ふたりの四名。棚澤家はアキラのご両親とハルカ先輩の三名。下座に私たちふたり。計九名が集結した。きょうだいの配偶者や子供たちには、いつか改めて会いにいく予定だ。

「本日はお忙しい中、僕たちのためにお集まりいただいてありがとうございます。今日は改めて僕とまちこさんの婚約の報告、そして、狭い町なのでお互いに見知ってはいると思いますが、両家の紹介と懇親の場を作りたいと思い、食事会を開かせていただきました。依ヶ浜町民なら誰しもが憧れるあこや亭さんの美味しい食事を楽しみながら、時間の許す限り、両家の親睦を深めましょう」

アキラの挨拶で始まった食事会は、初めこそ両家緊張モードだったけれど、次第に和やかになっていった。

「あのまちこちゃんが、すっかり大人になって」

「あんまり綺麗だから、おばさん見違えちゃったわ」

「当時は学校でも目立ってたもんね。まちこの黒髪なんて、私初めて見たよ」

アキラのご両親やハルカ先輩は、意外とすんなり私を歓迎してくれた。

「アキラくんこそ、とってもイケメンになって〜。うちのまちこでほんとにいいのかしら」

イケメン大好きなうちの母は、カッコよく成長したアキラにすでにメロメロだ。

「そうか。披露宴はやらないのか」

「でも写真は撮るんだろ？」

「今流行りの撮り婚？　フォトウェディング？　ってやつか」

父や兄たちとアキラも、楽しそうに話している。兄たちはちょっとシスコンの気があるから心配していたのだけれど、アキラを歓迎してくれて嬉しい。

両家顔合わせの食事会は、つつがなく終了した……のだが。

「もう少しまちこちゃんとお話がしたいわ。まだ明るいし、女同士でお茶にでも行きましょうよ」

「私も、中学ぶりに会ったからいろいろ話したいな。ね？　いいでしょ？」

お義母《かあ》さんとハルカ先輩に誘われ、私はハルカ先輩の車に乗せられた。ふたりの笑顔に圧を感じるのは気のせいではないと思う。

もしかして私、イビられる……？

助けを求めるようにアキラの方を見る。するとアキラはアキラで私の兄たちに「男同士で飲みに行こうぜ」と捕まったようで、上の兄の車に乗せられ、助けを求めるようにこちらを見ていた。

これは……アキラもイビられるパターン？

【お兄ちゃんたちになにかされたらすぐ言って！】

急いでそうメッセージを送ると、ほぼ同時にアキラからもメッセージが来た。

【ふたりになにか嫌なこと言われたらすぐに言って！】

私とアキラは後部座席の窓越しに「健闘を祈る」の気持ちを込めて敬礼。

ハルカ先輩と兄の車は、あこや亭を出て反対方向へと走り出した。


連れてこられたのは、隣市のおしゃれなカフェだった。

依ヶ浜町内にもお茶のできる店はいくつかあるのだが、わざわざ隣市の店まで来たのは知り合いとの遭遇を避けるためだろうと想像がつく。

私たちは揃ってケーキセットを注文した。お義母さんはいちごのタルト、ハルカ先輩はレアチーズケーキ、私はガトーショコラ。ドリンクはみんな紅茶をチョイス。

香りのいい紅茶をひと口飲んだところで、口火を切ったのはお義母さんだ。

「ふたりはお付き合いを始めて、まだ三ヶ月程度なんですってね」

お義母さんも先輩も目が笑っていない。私がアキラの妻にふさわしいか見定めようとしているのを、隠すつもりはないようだ。

「はい。五月の同窓会で再会したのがきっかけです」

「結婚を決めるにはちょっと早すぎると思うんだけど……もしかして、子供ができたりしたの？」

「いいえ！　まさか！」

子供ができるようなことすら一度もしていない、とはさすがに言えないが。

早すぎるという意見はもっともだ。私の家族全員からもそう言われた。これが恋愛抜きの契約結婚でなければ、私も決心はできなかったと思う。

私が妊娠していないと知って、ふたりは少し安心したように息をついた。

「まちこは、アキラのどこが好きなの？」

「それは――」

「お金持ちなところ？」

私の言葉を遮ってまで上乗せされた質問に、この場の空気が凍った。

あんた、金目当てなんでしょう？

言外にそう尋ねられたのだ。どんな顔をしていいかわからなくて、頬の筋肉が痺れた。答えるタイミングを失った私に、お義母さんが追い討ちをかける。

「今日アキラとまちこちゃんに会ってからずっと気になっていたんだけど、結婚するっていうのにふたりには初々しさや浮かれている感じがないのよね」

「あ、それ私も思ってた」

契約結婚であることを隠している私は、条件反射でギクッとした。

棚澤家は、いわゆるエリート家庭だ。お義父《とう》さんは名のある会社で役員をされていて、お義母さんはお嬢様育ちの教育ママ。ハルカ先輩は学生時代、アキラ以上の優等生だった。今は結婚して二児を育てる主婦をやっているそうだが、出産前まではバリバリ働いていたと聞いている。

板築家は、父も母も長兄も、地元の真珠産業に携わっている。次兄だけは勉強ができたので地元の大学へ進学し、今は銀行員をしている。

職業差別や学歴差別をされているように感じたことはないが、校則に違反してまで髪の色をコロコロ変える娘を容認する家庭と親戚になることをよくは思わないかもしれないと、思ってはいた。

非行に及んだことはないが、見た目だけで言えば私は依ヶ浜きっての問題児だった。そんな女と東京で成功した長男が、同窓会で再会して三ヶ月ぽっちで婚約したのだ。家族が警戒するのは無理もないし、それなりにいろいろ聞かれるだろうことは想定していた。

けれど、直接的にそれをぶつけられるとさすがにしんどい。

それでも、ふたりとはこれから家族になるのだ。ここで引いちゃダメだ。

ここで張り合えないような弱い女に、アキラの妻になる資格はない。

私は背筋を伸ばしふたりを見据え、いったん深く息を吸った。

「結婚を決めるのが早かったのは、初めから結婚前提でお付き合いを始めたからです」

本当のことだ。私たちを型にはめられる言葉が見つけられたのはラッキーだった。

「私たちに初々しさや浮かれた感じがないのは、お互いが現実的な性格で、浮かれた気持ちで結婚を決めたわけではないからだと思います」

加えてアキラの方に恋愛感情がないからだというのは、もちろん黙っておく。

「アキラの好きなところは、見た目です」

私は大まじめにそう答えたのだけれど、ふたりは怒ったように表情を歪ませた。

「なっ……！」

「見た目？」

「中学の時からずっと思ってたんです。アキラは絶対にカッコよくなるって。同窓会で再会した時、想像以上に素敵な男性になっていたので、一目惚れみたいな形で私から好きになりました」

悔やまれるのは、アキラをカッコよく変身させたのが自分ではないこと。その役は、彼がダイヤの原石であると最初に気づいた私がやりたかった。

ハルカ先輩の追及は続く。

「アキラの人間性には興味がないの？」

「興味がないだなんて、とんでもない！　私は中学の頃から彼を、夢のために努力をする同志だと思っていました。彼がエンジニアになる夢を叶えただけでなく、起業して大きな成功を収めたことを本当に嬉しく思っているし、尊敬しています」

誠心誠意語ったのだけれど、ふたりはますます疑いの目を向けてくる。

「そんなアキラに、あなたはなにをしてあげられるの？」

アキラが稼いだお金で楽をして生きるつもりなんでしょう？　と顔に書いてある。

これはもう、アキラに助けを求めるメッセージを送るべきだろうか。

そう思ったけれど、やめた。ここでちゃんとふたりに向き合っておかないと、一生気まずい付き合いをすることになる気がする。

私は背筋を伸ばし直し、堂々と思っていることを伝えることにした。

「彼の仕事や生活、健康に問題がないうちは、私にしてあげられることなんてないでしょうね」

あまりにはっきり「ない」と告げたからか、ふたりは呆れたように口を開けて黙った。

「でも、それは彼も同じです。私の仕事や生活、健康に問題がないうちは、彼にしてもらうことなんてありません」

私がサロンを営んでいて、ありがたいことに忙しくしていることは、アキラからふたりにも伝わっている。

「私たちが結婚するのは、お互いが苦しい時に支え合うためです。先輩はアキラがお金持ちだから好きなのかって聞きましたけど、逆ですよ。彼ほどハイスペックだと、いざ支える時に大変なんですから。でも、私には手に職があります。守られないと生きていけない弱っちい女じゃありません。だからこそ、彼は私との結婚を決めてくれたんだと思います」

アキラは仕事も生活も十分すぎるほど磐石に確立しているから、私の支えなんて必要ないだろう。それでも私には彼を支える気概があるのだとわかってほしい。

ハルカ先輩とお義母さんは無言で顔を見合わせた。そしてふたたび私の方を向き、揃って頭を下げた。

「まちこちゃん」

「ごめんなさい」

嫁イビリモードだったふたりが急に謝ったので、臨戦態勢を整えていた私は困惑してしまった。

「えっ……？　あの、頭を上げてください」

私たちの異常な雰囲気を感じ取って、何事かと周囲の視線が集まっている。依ヶ浜から出ていてよかったと心底思った。

「まちこがアキラを搾取《さくしゅ》しようとしているんじゃないかと疑って、わざと意地悪な質問をして試しました」

「わざとだったんですか……」

よかった。本気でイビりたかったわけではないのだとわかってホッとした。

「嫌な思いをさせて、本当にごめんなさいね。でも、素敵な答えが聞けてよかったわ」

「そんな、私は本当のことを話しただけで」

「心配していたけど、まちこちゃんはきっと大丈夫ね」

まちこちゃん〝は〟大丈夫？

お義母さんの言い方が、心に引っかかった。

「……もしかして、どなたか大丈夫でない方がいたんですか？」

私が尋ねると、ふたりはあからさまに「しまった」という顔をした。

どうやら過去に女性絡みでなにかあったらしい。しかも、家族を巻き込む形で。

答えにくいとは思う。けれど変にごまかされたくない。

私はお義母さんから視線を逸らさず、欺瞞《ぎまん》を許さない姿勢を貫く。

「……アキラからは、なにも聞いてない？」

「思い当たることは、なにも」

そういえば夏目さんも、アキラの過去の女性がよくなかったことを匂わせていた。きっとなにがあったのかを知っているのだ。

私だけ知らないというのは気分が悪い。

「なにがあったんですか？」

本当ならアキラ本人から聞くべきなのだろう。だけど今すぐ知りたい。

ふたりはもう一度顔を合わせ、ハルカ先輩が観念したように口を開いた。

「アキラに婚約者を紹介されるのは、これで二回目なの」

衝撃的な事実が判明し、動揺のあまり視界が揺れた。

二回目って……私以外にも、結婚をしようとした人がいたということ？

三十路の男性だ。過去に恋人がいたことは承知している。それに嫉妬したことなどない。

星空の下でのプロポーズ。指輪を買った時の初々しさ。

私が初めてではないなんて、疑いもしなかった。

別にわざわざそれを私に報告する義務なんてないけれど、過去にそういう人がいたのなら教えておいてほしかった。

「ごめんね。こんなこと知りたくなかったよね」

私はかろうじて首を横に振る。

「いえ。知れてよかったです」

おかげでアキラが私の結婚観に共感してくれた理由がわかった。

「婚約者といっても、未遂だったのよ」

「未遂？」

「ええ。相手の子がね、妊娠したって嘘をついていたの」

ああ、なるほど。だからお義母さんは私に妊娠の有無を確認したのか。

最初のお相手は、なんとしてもリッチなアキラと結婚したかったのだろう。恋人が妊娠したとわかれば、優しくてまじめなアキラならまず間違いなく責任を取ろうとする。

妊娠を信じさせるのは簡単だと思う。妊婦が陽性結果の出た検査薬を作り、販売して稼いでいるという記事を読んだばかり。しかも販売自体は違法ではないという。

しかし、男のアキラは騙せても妊娠出産の経験者であるお義母さんやハルカ先輩は騙しきれなかった。

……そんなことはどうでもいい。私だって、しょうもない男に引っかかって女ざかりを無駄にした黒歴史がある。

けれど、悔しくて仕方がない。

私には恋愛感情がないのに、その女とは恋人同士だった。

私とはプラトニックなままなのに、その女のことは抱いたのだ。

嫉妬で腹の底が震えた。込み上げた感情が涙になってはらはらと出ていく。

「まちこちゃん……もう二年も前の話よ。気にしないでね」

「アキラが話さなかったのは、思い出したくなかったからだと思う。許してあげて」

泣き出した私を見て、お義母さんとハルカ先輩は早口で懸命に慰めてくれる。けれど、私たちの本当の関係を知らないふたりの言葉は、どれも私の心には響かない。

また自分が片想いであることを突きつけられてしまった。

癒やしようのない胸の痛みは、紅茶が冷え切るまで引くことはなかった。

◆　◆

まちこが俺との結婚を迷っている気がする。

彼女自身がそう言ったわけではない。なんとなくそう感じるだけだ。

先日、弁護士立会いのもと婚前契約書と婚姻届にサインをした時、まちこはすぐにペンを握らなかった。明らかに躊躇していた。

俺が相手では不満？　なにか気に入らないことがあった？

神津島の宿で手を出そうとしたのが悪かったのかもしれない。あの時の俺は完全に理性を失っていた。まちこも求めているような気がしたのはチンパンジー化した俺の幻想で、本当はそんな俺に引いていた可能性がある。宿の壁が薄いことを死ぬほど恨んでいたけれど、むしろ感謝すべきかもしれない。

八月十三日。

俺とまちこは故郷の依ヶ浜で、両家顔合わせの食事会を開催した。

まちこには緊張など微塵もしていないような態度を取ったけれど、本当は吐いてしまいそうなくらいに緊張していた。

進学のために依ヶ浜を出て、起業して、満足がいくレベルで成功をした。それなりに個人資産も作れたから、よっぽどのヘマをしない限り、金銭的な意味でまちこに苦労をかけることはない。それは俺の大きな武器だ。

それでも〝IT企業の社長〟なんて、胡散臭《うさんくさ》いと言われることが多い。認めてもらえなかったらどう説得しよう。認めてもらえないことで、まちことの結婚自体がなくなったら最悪だ。まちこは俺が好きで結婚するわけではないから、家族に反対されたらきっと結婚をやめたくなる。

まちこに愛されていない。これは俺の大きなハンデである。

両家は近くも親しくもないものの、狭い田舎町かつ末っ子同士が中学の同学年ということもあり、お互いになんとなく見知っている。

俺は板築家に結納を申し出たのだけれど、形式的なことは苦手だからと、板築家側に辞退されてしまった。婚約というまだ不確かな結びつきを強固にしておきたかった俺としては、ちょっと残念だ。まちこに迷いが見られる今、外堀からがっちりと固めておきたかったのだが。

実際に顔を合わせると、板築家のみなさんは俺にも俺の家族にも、驚くほど好意的だった。

「立派な青年がまちこをもらってくれて、安心だねぇ」

「イケメンのお婿さん、うらやましいわ」

「再会して三ヶ月で結婚を決めるなんて、なかなか男気があるな」

「同じ依ヶ浜で育って、同じ東京で暮らしてると、価値観が似るのかもな」

昔のドラマの見すぎだと思われるかもしれないが、俺としてはこの食事会で「娘さんをください」と結婚の許しを乞うような場面を想定していた。けれど、終始和やかで歓迎ムード。ついぞそんな場面は訪れなかった。

食事会は思ったよりずっとあっさりと、特にドラマもなく終了した……のだが。

「兄弟になるんだし、男同士で飲みに行こうぜ」

食事会場である「あこや亭」を出てすぐ、まちこの長兄、俊樹《としき》さんが肩を組んできた。真珠生産業の現場で鍛えられた太い腕は、なかなか重い。

「あ、いいね。俺も行きたい」

まちこの次兄である隆哉《たかや》さんの腕もその上に乗る。隆哉さんは、三学年上なので在学期間は重ならなかったけれど、高校の先輩だ。今は銀行員をしていると聞いている。

にこやかだけれど、ふたりの笑顔に圧を感じた。いつだったたか、まちこが「お兄ちゃんたち、ちょっとシスコンっぽいんだよね」とぼやいていた気がする。これは……食事会では平穏だったけれど、ドラマの予感。

俺は引きつりそうな笑顔をなんとかキープして応える。

「ええ、ぜひ」

俊樹さんの四駆車の後部座席に、押し込まれるようにして乗り込んだ。助けを求めるような気持ちでまちこの方を見る。すると、まちこはまちこで俺の母と姉に捕まっており、姉の車に乗せられて助けを求めるようにこちらを見ていた。

結婚は家と家との結びつき。これは家族に認めてもらうための試練だ。

母と姉のことは信頼しているが、一応まちこにメッセージを打っておこう。

【ふたりになにか嫌なこと言われたらすぐに言って！】

俺が送信するより先に、まちこからメッセージが来た。

【お兄ちゃんたちになにかされたらすぐ言って！】

考えていることが同じだとわかり、嬉しくなる。俺もすぐに打ち込んだメッセージを送信。俺のメッセージを読んだまちこが、ふたたびこちらを見る。

俺たちは後部座席の窓越しに「健闘を祈る」の気持ちを込めて敬礼をした。

俊樹さんの車はゆっくりとあこや亭を出て、姉の車とは反対方向へと走り出した。

連れてこられたのは依ヶ浜にある、昼でも酒が飲める食事処だ。夏の連休であることもあり、店内は町民で賑わっていた。

「三名様ですね。こちらへどうぞ」

衝立で仕切られたテーブル席に案内され、兄弟と俺の二対一に分かれて着席した。

かたや腕の太い海の男。かたや線の細い銀行員。ふたりは対称的だけれど、顔の系統だけでいえばよく似ている。

両家には飲酒をしない人が多いので、あこや亭では誰も酒を飲まなかった。我慢していたらしい俊樹さんは「やっと飲めるわ」と言って、最初に頼んだ中ジョッキを豪快に十五秒ほどで飲み干した。俺と隆哉さんは三分の一を飲むに留めている。車はあとで代行が取りに来るらしい。

「おい」

二杯目の中ジョッキの半分を十秒弱で飲んだ俊樹さんが、俺を呼んだ。

初対面の相手に「おい」とはずいぶんな態度だが、ここは家族になる人間に親しみを込めたのだと思っておくことにする。

「はい」

粗暴な俊樹さんは正直言って苦手だ。いったいなにを言われるのだろう。自分の頬の筋肉が引きつっている。

「おまえの覚悟がどれほどのもんか、聞かせてみろ」

「覚悟……ですか」

妹さんを必ず幸せにします。命を懸《か》けて守ります。決して苦労はかけません。

頭に浮かぶ言葉はどれも、耳馴染みはいいけれど心の中にある気持ちより軽く感じられて、覚悟を表すのには適していない気がする。

起業以来、ビジネスの場でプレゼンテーションをする機会をたくさん得たおかげで、人の心を動かす言葉のセンスは人一倍磨かれた。この場が商談なら、うまい表現や言い回しができたと思う。

しかしまちこの兄を前に、最適だと思える言葉がなにひとつ思い浮かばない。

なかなか答えられない俺に、俊樹さんは険しい顔をした。

「なんの覚悟もないってか」

「まさか！　すみません。言葉が見つからなくて」

「まあまあ、兄ちゃん。そんな極端なこと、すぐに答えられるやつの方がおかしいよ」

「……まぁ、そうか」

隆哉さんがたしなめてくれて、俺はいったん覚悟の言語化から解放された。

「アキラくん、ごめんね。俺たちちょっとシスコンでね。まちこの結婚相手とは、じっくり話したいと思ってるんだ」

隆哉さんとはちゃんと話ができそうな気がする。俊樹さんは残り半分のビールを飲み干し、うんうんと頷《うなず》いた。

「それは、僕もです」

「ほら、まちこって兄の贔屓目抜きにしても美人だろ？」

「そうですね」

「だから金持ちがまちこをアクセサリーにしようとしてるんじゃないかって、疑ってるんだよ。こういうの、トロフィーワイフとか言うんだっけ？」

「トロ……えっ……？」

爽やかな笑顔でしっかり毒を吐かれて、俺はまた硬直してしまった。まちこをアクセサリーだなんてまったく思ったことのない俺は、自分がそこまで穿《うが》った見方をされていたことに愕然《がくぜん》とする。ふたりとも、食事会の時はとてもフレンドリーだったのに。

「じゃあ、答えやすそうなことから質問していくよ。アキラくんは、まちこのどこを気に入ってくれたのかな？」

兄弟は期待と疑いの混じる眼差《まなざ》しで俺を見る。シスコンと自称しただけあって、まちこの魅力を共有したいという意図が感じられる。

ふたりにはやはり、耳馴染みがいいだけの無難な回答ではダメだ。

俺は「まちこさんには、まだ秘密にしておいてほしいのですが」と前置きして、まだ一度も口に出したことがない気持ちを語ることにした。

「実は僕、中学の頃からまちこさんのことが好きだったんです」

そう告げた瞬間、照れくささで心が痒《かゆ》くなった。三十にもなった男がこの程度の言葉に恥ずかしがるのはダサいが、本当に〝まちこが好きだ〟と声に出したのは初めてだったのだ。

いたたまれない気持ちをこらえ、ふたりの兄を前に話を続ける。

最初は、中学生なのに校則違反を厭わずコロコロ髪色を変えるまちこが苦手だったこと。

まちこが「アキラは絶対にイケメンになる」と言い続けてくれて、それが大きな自信になったこと。

自分の趣味がビジネスになることを教えてくれたおかげで、本当に行きたい大学に進学でき、そこで起業まで叶ったこと。

まちこは俺の人生を照らしてくれた太陽であり、成功の女神であること。

まちこ自身には俺に大きな影響を与えた自覚などないだろう。あからさまに恩を返そうとすると気持ち悪がるに違いない。

だから俺は、これから一生をかけて少しずつ恩を返していくつもりだ。

あえていうのなら、それが俺の〝覚悟〟かもしれない。

「すみません。まとまりのない話で」

隆哉さんの質問に対する答えとしては、わかりにくい話だったに違いない。しかしまちこのどこを気に入ったかなんて、ひと言で答えられるはずがなかった。

「……ズズッ」

洟を啜る音に視線を引かれた。

「え？」

思わず声が漏れる。俊樹さんが、顔を真っ赤にして泣いているのだ。

「兄ちゃん、一気に飲みすぎだよ。ごめんねアキラくん。兄ちゃん、飲むと涙もろくなるんだ」

テーブルには六杯目の空きジョッキが置かれている。俺が話している間にもずっとグビグビ飲んではおかわりを頼んでいた。

酔った状態で絡まれたら面倒だなと思っていたが、まさか泣き上戸だったとは。

「だってよぉ、すげーいい話じゃねーか」

どうやら俺の話に感動してくれたようだ。

「そうだね」

「こんな立派な男がさぁ、中学の頃からまちこを好いてたんだぜ？」

あれ、褒められた。粗暴に扱われているが、俺のことを認めてくれているらしい。

「うん。見る目あるよね」

「しかもさぁ。あれもこれもまちこのおかげだってよ。俺たちのまちこはさすがだよなぁ」

俺のまちこだ。そこだけは譲れない。しかしそれは兄としての感情。黙っておくことにしよう。

「そんなまちこが選んだ人だよ」

隆哉さんがそう言って俺を見るよう促す。俊樹さんは涙で濡れた赤い目で俺を見つめ、勢いよく頭を下げた。勢い余ってテーブルにぶつけ、ゴンと鳴る。

「まちこをよろしくお願いします。俺たちの、かわいい妹なんです」

俊樹さんの詰まったような声に、俺の目頭も熱くなった。

「よろしくお願いします」

隆哉さんまで頭を下げるので、目からポロリとこぼれてしまう。

ご家族に愛され大切に育てられたまちこを妻に迎えることがどういうことなのか、

今初めてちゃんと理解した。

まちこのことは、もちろんなにより大切にする。まちこを育ててくれたご家族の気持ちごと、大切にしていく。素敵な兄ふたりの言葉で、新たにそう決意した。

俺は涙を拭い背筋をピンと伸ばして、彼らと同じように頭を下げた。

「こちらこそ、今後ともご指導ご鞭撻《べんたつ》をお願いします」


まちことは、隣市の駅で待ち合わせた。俺がタクシーで到着すると、まちこが降車場で待ってくれていた。ここまでは姉に送ってもらったという。

そこから列車に乗り、途中で新幹線に乗り換える。東京に着くのは午後十時過ぎになるだろう。

「アキラだけでも泊まったらよかったんじゃない？」

明日まちこは予約があるので、せっかく故郷まで帰ってきたが日帰りだ。

「いや、いいんだ。俺も東京に戻りたかったし」

依ヶ浜ですることもないし、まちこと一緒にいたい。それに、親孝行なら五月にたっぷりしておいた。

「アキラは休みなんだから、ゆっくりしたらいいのに」

「実家にいたら掃除だ買い物だってこき使われるだけで、ゆっくりはできない」

「ふぅん」

まちこは素っ気なく言って、むすっと唇を尖らせた。

駅で落ち合って以来、まちこはなぜか不機嫌だ。そんな顔もかわいいけれど、嫌な気分でいられるのは本意ではない。

「ご機嫌ナナメだけど、うちの母と姉がなにかした？」

火に油を注ぎたくないので、おそるおそる尋ねる。まちこは表情を変えず、ぶっきらぼうに答えた。

「……別に」

「え、なんか妙な間があったんだけど」

「初めにちょっとだけ意地悪されたけど、謝ってくれたし優しかったよ」

「は？　意地悪？　うそ、なんで言ってくれなかったの」

あの母と姉に限ってまさかというショックと、まちこが傷つけられた怒りが胸の中で混ざる。俺は全面的にまちこの味方をするつもりだ。

俺の反応を見た彼女は、なぜか俺を睨みつけた。母と姉ではなく、俺に対して怒っているようだ。なぜ？　俺、なにかした？

まちこは俺に冷たい視線を向け、「はぁ」と重くため息をつく。

「アキラ、前にも誰かと婚約してたんだってね」

突き放すように告げられた言葉に、頭皮がヒヤリとした。忘れかけていた嫌な記憶がよみがえり、鉛のように重い感情が胸の中で暴れはじめる。

母と姉め。余計なことを。

「……聞いたんだ」

まちこにはできるだけ知られたくなかったのに。

「そういうことは、教えておいてほしかったな」

「ごめん。気分のいい話ではないし、話しづらくて」

「それは……そうだけど」

まちこはおそらく、母と姉に「俺が授かり婚をしようとしていた矢先、妊娠が嘘だったことが発覚し、破談になった」と聞いていることだろう。

家族には破談の理由をそのように伝えているが、実は少しだけ事実と違う。本当のことを言うと、彼女は妊娠していた。しかし俺の子ではなかったのだ。

俺のような若い成功者にはよくある話だが、ようするに彼女は俺と結婚して俺の金で裕福に暮らしたかった。そのためには妊娠するのが手っ取り早い。しかし俺は避妊には人一倍気を遣うガードの堅い男であったため、自然に妊娠することはまずない。

そこで彼女は、他の男との間に子供を作った。そしてなにも知らない俺に妊娠の報告をし、俺に責任を取らせる形で婚約にこぎつけた。

彼女を依ヶ浜の実家に連れていき、家族に紹介した次の日のこと。母と姉、ふたりから別々に同じ内容のメッセージが来た。

【あんたの彼女、ちょっと怪しい気がする】

俺は俺でちょっと思うところがあった。避妊に気を遣っていたとはいえ一〇〇%ではないことは承知している。けれど、あれだけ気をつけてできるものなのだろうか。

加えて、妊娠は女性の生理周期のごく限られた期間でしかできないはずだ。俺が産婦人科のホームページで読んだ記事が正しければ、行為に及んだ日と妊娠週数の計算が合わない。

母と姉のメッセージに背中を押され、俺はすぐに興信所を使って彼女の身辺調査をした。妊娠していることもあって男とホテルに入る、みたいな結果は得られなかったが、友人との会話の録音と動画を録ってきてくれた。

「え？　マジで妊娠したの？」

「うん。これで私も社長夫人～港区のタワマンでセレブ生活確定～いえい！」

「いいなぁ〜、アガリじゃん。つーかそれ誰の子よ」

「わかんない。アプリでO型の人と生でヤリまくったから」

「あー、血液型でバレたら終わるもんね」

動画は粗かったが、音声はクリアに録れていた。俺はそれを持って、弁護士同伴のうえ彼女に破談を申し出た。念のために血液でDNA検査をして、本当に俺の子でないことを確認し、公正証書を交わし結婚詐欺の示談金と慰謝料を取って婚約解消。

個人的には示談金も慰謝料もいらなかったのだが、どちらに非があるのかをちゃんとした形で残しておいた方がいいと岡本弁護士に助言され、それに従った。

婚約解消後もしばらくは大変だった。

当時俺は六本木のタワーマンションに住んでいたのだけれど、彼女が復縁を迫ろうとエントランスで何時間も待ち伏せするようになったため、転居せざるを得なくなった。セキュリティーガチガチの今のマンションで暮らすことになったきっかけはそういった事情だ。

俺が転居したとわかると、今度は会社のビルに突撃してくるようになった。ビルは部外者が簡単に入れないようになっているが、彼女はビルの受付で「俺とアポを取っている」と俺の名刺を出して嘘をつく。受付側も仕事だし名刺もあるので、その度にうちの会社に呼び出しをかけてくる。そして夏目が「そのようなアポはありません」と告げてお引き取りいただく……ということが何度も続いた。無駄な対応を強いられていた受付の人と夏目には本当に申し訳なかったと思っている。

会社への突撃は、営業妨害やらストーカーやらで警察沙汰にして、もう一度示談金を支払わせたところでようやくなくなった。一度は好きになって付き合っていた相手なのだが、最後はもう恐怖しかなかった。

こんな酷い話をすべて家族に聞かせるのは憚《はばか》られて、破談の理由を「妊娠が嘘だった」ということにした。当然家族は憤慨したけれど、本当のことを話せばもっと嫌な思いをする。

基本的には嘘を好まない性格なのだけれど、嘘も方便ということわざを、この件には使わせてもらうことにした。

……という話を、まちこにはすべて正直に伝えた。もちろん家族には内緒にしてほしいということを含めて。

話し終えた頃には、新幹線はもう新横浜に到着しようというところまで来ていた。

「アキラ、つらかったね……」

まちこは眉を寄せ、心底同情しているような切ない顔をした。こんな顔をさせたくなかったから話さなかったのだ。心が痛い。

「まぁ、当時はね」

「そんなの人間不信になっちゃうよ」

俺は笑ってまちこの右手を握った。

「だからまちこみたいな信頼できる人と結婚したいんだよ」

そして俺自身も、まちこにとって信頼に足る男でありたいと思っている。

まちこは俺の手を握り返し、拗ねた顔のまましばらく俺を見つめ、唐突に問う。

「ねぇ。その人には、婚約指輪贈った？」

「指輪？　いや、贈ってないけど」

どこどこのブランドのあれがいいとか、いろいろ言っていた気はするが、買いにいく前に破局してしまった。

「ふーん、そうなんだ」

まちこは満足げに口の端を上げ、急に機嫌がよくなった。なぜ？　要因がまったくわからない。これが噂《うわさ》の女心？　さっき俊樹さんと隆哉さんも、「妻がよくわからない理由で怒りだす」と言っていた。これがそれなのだろうか。女性は不思議だ。

「ねぇ、アキラ」

「ん？」

「指輪ができるの、もうすぐだね。楽しみ」

「そうだな。連絡が来たら一緒に取りにいこう」

まちこが自分の顔の前に左手をかざし、嬉しそうに薬指をさする。小さくて細くて綺麗な手に、きっと似合う。

「それから」

「うん」

「帰ったら今日の分のキス、してね」

はにかみながら小声でねだるまちこに、俺は心の中で激しく悶絶した。

新幹線はアナウンスののちゆっくりと減速し、新横浜に停車。

東京まではあと二十分弱。東京駅からマンションまでは十分ちょっと。

その三十分が無性に焦れったかったのは、言うまでもない。

ver.7.0　刺激的結婚式

◇

夏の本番が終わり、残暑厳しい九月に突入した。

アキラとの同居も三ヶ月が経過。結婚に向けて、準備は着々と進んでいる。先日とうとう銀座のエフロから私たちの指輪ができたと連絡が来た。フォトウェディングをする式場も決まった。なんともう二週間後だ。九月といえばベストシーズンだけれど、平日かつ簡易的な式と写真だけなので、空いている日でサクッと予約が取れた。

入籍は当初の予定通り、式の翌日にふたりで区役所へ行く。

苗字はアキラの棚澤姓にすることにしたので、名前が変わる私の方はあらゆる名義変更が必要になる。また、入籍に合わせて住民票も移す。距離は近いが区をまたぐ転居になるので、今の居住区に転出届を出しておかねばならない。健康保険証の移行についても確認しておく必要があるだろう。

結婚ってやることが多いな。紙切れひとつだなんて言った大嘘つきは誰だ。

契約関係をすべて引っ張り出して、整理して、名前の変更の方法について確認して、実行して……。結婚とはもはや、身辺整理に近い。

夏の行楽シーズンが終わり需要が落ち着いたため、仕事には余裕が持てるようになった。今日の予約は佐和子さんだけだ。

この施術が終わったら、式場にドレスを選びにいく予定になっている。

「あら素敵。どんなドレスにするの？」

佐和子さんの頬が上がる。私はまつ毛エクステにグルーを浸しながら、自分のドレス姿を想像してみる。

「うーん。ブライダル関係って、ヘアスタイリングとかメイクとか着付けとか、美容師としての憧れはあったんですけど、自分が花嫁になることについてはほとんど考えてなかったんですよねぇ。和装よりドレスがいいな、くらいで」

「まちこちゃんらしいわね」

それから佐和子さんは、私にはAラインかスレンダーラインのドレスが似合うだろうとか、デコルテが横に広い方が体型とショートカットに合うだろうとか、私に似合いそうなドレスについて意見をくれた。

「ありがとうございます。参考にして選びますね」

「気にせず好きなのを着ればいいのよ。写真が撮れたら見せてね」

「もちろんです」

佐和子さんの次の予約は三週間後だ。次に彼女に会う時には結婚式を終え、アキラの妻になっている。

頭ではわかっているのだけれど、まだ現実味がないというのが正直なところだ。


佐和子さんの施術終了後、私はひとりで式場へとやってきた。

式場は先日神津島に行った時に利用した港にあるホテルだ。フォトウェディングのプランが充実していて、なにより、私とアキラの都合がつく日に空きがあったのが決め手になった。

式と写真撮影のあとはホテル内のレストランでディナー。そして海と夜景の見える素敵な部屋で甘い初夜。翌日チェックアウト時にはアルバムやブルーレイが出来上がっている……というプランをお願いしている。

ここに来たのは初めてなのだけれど、いかんせん式まで間もない。今日一日でドレス以外にも、あらゆる打ち合わせを済ませて帰らなければならない。

ホテルに入り、歩いてすぐのところにあるガラス扉を開けた。ここは壁もガラスになっていて、ウェディング衣装を身に纏ったマネキンがいくつも飾られているのが外からでもよく見える。

「こんにちは。二時に予約していた板築と申します」

迎えてくれたのは、感じのいい女性だ。年はおそらく同世代。まだまだ外は暑いのに、黒のスーツをきっちりと着こなし髪も品よくまとめられている。

「板築様。ようこそいらっしゃいました。この度板築様と棚澤様のお式を担当いたします、加藤《かとう》と申します。直接お会いするのは初めてですね」

「はい。お世話になります」

加藤さんとは、メールでは何度かやりとりしている。文章も感じのいい人だったが、実際に会ってみてメールの印象通りの人でホッとした。

「まずはドレス選びをしましょう。お式でも着ていただく白いドレスと、写真に撮るカラードレスですよね。たっくさんご用意がありますから、まずはご希望をお聞かせください」

「あ、はい。でもよくわからなくて。どういうのが似合いそうですかね？」

「そうですねぇ。板築様の雰囲気でしたら、Aラインかスレンダーラインのドレスがお似合いになりそうですけれど、気に入ったものをお召しになるのが一番です」

安直だと思われるかもしれないけれど、佐和子さんと同じ提案をしてくれた彼女のセンスは信用できると思った。

「写真を見ても、どれも同じに見えちゃって」

「わかります。でも実物を見れば違いがわかって、ピンと来るものがきっと見つかりますよ。衣装室へまいりましょう」

加藤さんと一緒に衣装室に入った。部屋の壁に沿う形でずらりとドレスが掛けられており、圧巻だ。まるでドレスの図書館のよう。特に白のウェディングドレスのエリアは眩しいくらいに明るくて、特別にキラキラしている。

「ねぇ、どっちが似合う?」

「どっちも似合うよ」

「もう~、それじゃ選べないでしょ」

中には別のスタッフとカップルがひと組いて、仲睦まじげにドレスを選んでいる。

結婚式といえば、ふたりで式場見学をして、ふたりでじっくりプランを煮詰めるのが普通だろう。うちはお互いに仕事優先だし、休みが合わないしで、アキラの衣装選び以外は全部私がひとりで決めることになっている。といっても、私も自分が着るものとブーケくらいしか決めることはないのだけれど。

アキラは一応「ドレス選びに付き合おうか？」と言ってくれた。だけど煩《わずら》わせたくなくてその申し出を断った。アキラは私の「簡易的な式と写真撮影だけはやりたい」という希望に付き合ってくれているだけだ。そのために会社を抜けさせるのは恐れ多い。

「すみません。私と彼、別々に衣装選びの日程を取ってもらって」

「滅相もない。そうされる方も結構いらっしゃいますよ。お式の日を初見にしたいから、本番までお互いのお衣装姿は見ないっておっしゃる方もいらっしゃいます」

「へぇ。そういう人もいるんですね」

「はい。お客様によって様々です。それより板築様、ここからここまでがAラインです。こちらなんていかがです？　デコルテ部分が横に開いているので、お綺麗な鎖骨が映えてお似合いになると思うのですが」

加藤さんは嬉しそうにあれこれと提案してくれる。そしてやっぱり、彼女のセンスは信頼できそうだ。

「とても綺麗ですね。着てみてもいいですか？」

「もちろんでございます。見比べられるよう、あと数点選んでからフィッティングルームに行きましょうね」

「はい」

私と加藤さんは、Aラインのドレスをもう一着、スレンダーラインのドレスを二着選び、広いフィッティングルームに入った。ハンガーを外したドレスを纏う。白くてふわふわして見えるけれど、案外重い。

この手のドレスは一人では着用できない。加藤さんに背中のファスナーを上げてもらうと、思ったよりもキュッと締められる感覚があった。

おそるおそる鏡に映った自分を確認する。

「わぁ……すごい」

自分がちゃんと花嫁になっていて、思わず声が出た。

「思った通り、お似合いですよ」

「ありがとうございます」

社交辞令……というより仕事の一環かもしれないけれど、そう言ってもらえて安心した。私にはウェディングドレスなんて似合わないかもしれないと不安だったのだ。

「他のドレスも着てみましょう」

「はい」

加藤さんの手を借り四着すべて試着してみたのだけれど、どれもとっても素敵で、だからこそ選べない。言い換えると、どれも綺麗だとは思うのだけれど、どれもピンと来なかった。

「そうですか。では、別のタイプのドレスも見てみましょう」

加藤さんは嫌な顔ひとつせず、別のドレスの場所へと案内してくれた。

私は本のページをめくるようにドレスを一枚一枚自分の目で見ていく。こうして見てみると、どれも同じに見えていたドレスにもレースの感じやシワの感じ、ウェストラインの位置などでずいぶん雰囲気が変わるのがわかってきた。どれもこれも、デザイナーの本気のようなものがうかがえる。どれも「作品」と呼ぶにふさわしい。

「あ」

なんとなく惹かれる感じがあって、私はドレスをめくる手を止めた。しっとりとしたドレープとバックフリルが印象的で、デコルテや背中のレースのデザインが凝った、存在感のあるドレスだった。

「そちらが気になりますか?」

「はい。でも……」

ふわっとしたシルエットのプリンセスラインだ。私の雰囲気には合わないかもしれない。

私の心情を察した加藤さんは、テキパキと試着の準備を進める。

「似合いそうなドレスの形なんて参考程度です。さっそく着てみましょう！」

「え、でも」

「ピンと来たのは初めてなんですから、これが運命の一着かもしれませんよ」

着るだけならタダですし、と背中を押され、ふたたびフィッティングルームへ。さっきまでのドレスとは床に置いた感じも持ち上げた感じも全然違う。

「それでは、バックを締めますね」

「はい。お願いします」

締めてもらう前から、なんとなくわかっていた。きっとこれだ。

「素敵！　とってもお似合いになりますね！」

彼女の反応も、さっきまでと違う。

「そう……だと思っていいですよね。自分としても、しっくり来ます」

「本当にお似合いです。ご新郎様もきっとお喜びになりますよ」

アキラのことを思い出して、胸がチクッと痛んだ。

「そうでしょうか。ドレスにはあまり興味なさそうでしたけど」

「ドレス自体には興味がなくても、板築様のドレス姿には興味津々ですよ」

「そうだといいんですけど」

アキラとの関係は相変わらずだ。関係は良好。毎日キスもしている。一緒に眠ってもいる。けれど、スキンシップはない。

ずっとそれが焦れったかったけれど、先日最初の婚約について話を聞いてからは諦めがついた。アキラは妊娠に関わる嫌な経験をしているから、必要な時以外はそういうことをしたくないのだと思う。

私たちの約束では、〝お互いの気分が乗ったらする〟ということになっている。だから、アキラとは今後一生、子作り以外でのスキンシップ――つまり愛情コミュニケーションとしてのスキンシップは望めないかもしれない。

これは本当に私が望んだ結婚なのだろうか。

友情はある。信頼もある。アキラはとても素敵な男性で、私のことを大切にしてくれている。私のことを理解して、やりたいことを応援してくれる。

けれど、女としての承認欲が一生満たされないかもしれないと思うと、絶望に近い恐怖を感じる。

「マリッジブルー気味ですか？」

加藤さんの声に、ハッと我に返った。反射的にごまかしの笑顔を見せる。

「ええ、ちょっとだけ」

そうか。これが噂に聞くマリッジブルーか。

じゃあ、そのうちこの不安はなくなるのかな。

「きっと大丈夫ですよ。新郎様、とっても素敵な方じゃないですか」

「え？　アキラをご存じなんですか？」

彼の衣装選びは今週末。私が選んだドレスに合わせて選ぶことになっている。まだここには来たことがないはずなのに。

「実は一昨日、〝会場を見ておきたい〟とチャペルを見にいらっしゃったんです。たまたまこの辺りでお仕事があったとかで、ついでに立ち寄られたんだそうですよ」

「そうだったんですか」

全然知らなかった。なにも言ってなかった。

「チャペルだけ見てすぐに帰られましたけどね。滞在時間は十分もなかったと思います」

ちゃんと結婚式に興味があったんだ。全部私に決めてほしいみたいだったから、チャペルの雰囲気なんてまったく気にもしていないと思っていた。無頓着でなかったことは嬉しい。でも。

「あいつ、それならそうと言ってくれたらよかったのに」

――また隠された、と思ってしまうのは、私の器が小さいからだろうか。

「先に見たって知られたら、板築様にズルいって怒られると思ったんですよ、きっと」

「はは、そうかもしれませんね」

私は白のドレスをこれに決めて、カラードレスは深い緑色のAラインを選んだ。光沢のある生地のドレープやフリルだけで、キラキラした装飾がなく、媚びない感じがとても気に入った。

「こちらもとってもお似合いです。白のドレスとは雰囲気が一八〇度変わるので、新郎様もドキドキしちゃいますね」

「褒めすぎですって」

「だって本当に素敵ですもの！」

ドレスが決まれば合わせる靴やティアラ、ネックレス、ベール、グローブなどもすぐに決まる。また、ヘアメイクについては私自身が美容師ということもあって、スムーズに打ち合わせが済んだ。

「次にお会いできるのは本番の日ですね。もしなにか気になることがあったら、いつでもご連絡ください」

「ありがとうございます。よろしくお願いします」

ホテルを出る頃には日が傾いていた。今日はもう仕事もないし、帰るだけだ。

私はせっかくここまで来たのだからと、ホテルの二階からプロムナードデッキに出た。このデッキは竹芝埠頭の端から端にわたっていて、左手には遠くにスカイツリー、正面には海沿いのビル群、右手にはレインボーブリッジやお台場の景色が楽しめる。

私は右の方へ数分歩き、デッキの端の展望台へとやってきた。いくつかあるベンチではカップルが睦まじく語らっている。

私はそこでレインボーブリッジを眺めながら、先月の旅行を思い返した。

あの旅行はアキラとの唯一カップルらしい思い出だ。宿の壁が薄くなければ、きっとひとつになっていた。

アキラにその気がないわけではない。私はちゃんと女として見られている。大丈夫。旅行はそう思わせてくれる、心の拠《よ》り所《どころ》となっている。

「マリッジブルーか……。契約結婚でもなるもんなんだな」

海を眺めながら、誰にともなく呟く。私の声は海風に乗って街の方へと飛ばされていった。

アキラが帰宅したのは私が帰ってから一時間ほど経過した頃だった。

「ただいま、まちこ」

「おかえり」

いつもは私の方が遅いので、こうしてアキラを出迎えるのは久しぶりだ。

「新規事業がいよいよってところでさぁ。今日はほんと疲れたんだよ～」

アキラはそう言いながら、スニーカーを脱ぐ前に私に抱きついてきた。甘えるように頬を擦りつけてくる彼が、無性に愛しい。

「そうなんだ。いつもお疲れ様」

こういうの、なんだか夫婦っぽい。

最近アキラは〝それらしい演出〟を頻繁にしてくるようになった。結婚に向けて、私たちの雰囲気と自分の気持ちを盛り上げようとしているのだろう。

「そういえば、ドレスはどうだった？」

アキラは期待するような顔で私に尋ねてきた。

「素敵なのを選べたよ」

「写真は？　まちこが着てる写真、撮ってないの？」

「撮ってもらったけど、見る？」

「見たい！」

目を輝かせるアキラに、加藤さんが言ってくれた言葉を思い出す。

けれど同時に、これも演出であるような気もする。

「じゃあ、手を洗ってダイニングに来て。ご飯食べるでしょ？」

「うん。すぐ行くよ」

今日もご飯は池村さんが作り置きしてくれる、お店の料理のように美味しいおかずだ。お米だけはさっき新しく炊《た》いておいた。

アキラと暮らして三ヶ月、米を炊いただけで料理をした気になってしまう程度には、家事代行サービスを利用する生活に慣れてしまっている。初めはやってもらうことに恐縮していたけれど、今やもう、池村さんなしの生活なんて考えられない。

家事の負担がないだけで自分のために使える時間が増え、仕事での集中力が格段に上がった。ＱＯＬは爆上がりだ。アキラが「家事代行サービスはコスパが高い」と言っていたのを信じられなかったけれど、今は全面的に同意する。

ただし、生活費は家賃も食費も光熱費も、そして家事代行サービスにかかる費用も、ほとんどすべてアキラが負担してくれている。私の生活費だといくらか渡そうとしても、現金は使わないし口座に入れるのも面倒だからと受け取ってもらえない。その〝いくらか〟が、アキラにとっては微々たる金額なのだ。

こんなの、私ばかりが楽になって、アキラの負担が増えただけなのでは。アキラはなんのために恋人でもない私と結婚するのだろう。

初めのうちはなんとなく納得できていたはずなのに、彼に恋愛感情を抱いてしまってからというもの、私は理性的な結婚の魅力やメリットを見失ってしまっている。

部屋にリュックを置き洗面台で手を洗ったアキラが、私のいるダイニングへやってきた。「早く早く」と急《せ》かされ、私は最初のドレスの写真を開いた状態でスマートフォンを預ける。

「右にスワイプすれば次のが見られるから」

「うん」

アキラはテーブルに着き、食い入るように画面を見つめ右へ右へと画像を繰りはじめた。そんな彼を横目に、私はしゃもじでご飯をよそう。

温めたおかずとサラダ、そしてご飯。食卓は間もなくととのった。そんなに枚数は多くないのに、アキラはまだ私のドレス写真を見ている。しかし一切コメントがない。

「そんなにガン見してるんだから、せめてなにか言ってよ」

私が声をかけると、アキラは目をぱちくりさせ、思い出したように告げる。

「え？　ああ、ごめん。どれも似合ってて、すごく綺麗で、見惚《みと》れてたんだ」

なんだか取って付けたように大袈裟なセリフだけど、素直に受け取っておこう。これもきっと、演出の一部なのだ。

「それはどうも。ご飯の準備できたよ。食べよう」

「うん。いただきます」

アキラは私との結婚のために、ちゃんと理性的に協力してくれている。良好な関係を維持するための演出ではあるけれど、ハグやキスなどで愛情表現もしてくれる。

不満のようなものを感じているのは、私の恋愛感情が満たされないから。しかしこの結婚においてそれは非理性的かつ勝手な事情なので、飲み込むしかない。


慌ただしく日々を送っているうちに、気づいたら式の前日になっていた。

この日私は、エステに行って肌を磨き、ネイルもウェディングっぽく華やかなデザインにしてもらった。まつ毛は先週のうちに知人のサロンで直してもらっている。

夕方、仕事を終えたアキラと一緒に指輪を引き取りに銀座へ。出来上がった指輪は信じられないくらいに綺麗で、触って汚してしまうのが申し訳ないくらいだ。

「俺たち、明日からこの指輪をずっと着けて生きていくんだな」

アキラがしみじみとそう呟く。

「そうだね」

エンゲージリングの方は、石が大きいので施術の邪魔になるし、毎日着けるには派手すぎる。けれど、せっかく綺麗な指輪に仕上げてもらったのだから、できるだけ頻繁に着けようと思う。

エフロを出た私たちは軽く食事をして、自宅に戻る前に私のサロンに入った。

「お客様。こちらへおかけください」

「は、はい」

アキラはドギマギしながら施術ソファーに腰かけた。

「倒しますね。もうちょっとだけ下がれますか」

「はい」

今日は結婚式を口実に、私の中学生からの夢「アキラを私の手でイケメンにする」を叶えさせてもらうことになっている。といってもアキラはすでに十分カッコいいので、眉の形だけ、プロとして手を入れさせてもらうのだ。

普段は前髪がかぶっているので目立たないが、明日は額を出すし写真にも撮る。一生残る写真なのだから新郎も綺麗にならなくちゃ、と説得したら、あっさり「うん」と言ってくれた。

「アキラは目元が丸くてかわいらしい印象が抜けないから、眉山をこの辺にして太さを一定に保つと男らしさが増していいと思うの。ほら、どう?」

「ああ、たしかに。ほんのちょっとで印象変わるね」

アキラは手鏡を持って、自分の顔をまじまじと見る。気に入ってくれたようだ。

「この形でティントしてもいい?」

「特にこだわりはないから、まちこの好きにしていいよ」

ほんの少しだけれど、ようやくアキラの外見に関われた。中学の頃、何度「私にプロデュースさせてほしい」と頼んでも首を縦に振らなかったアキラを、十五年越しに口説けたことが嬉しい。

「中学の時は、全然うんって言ってくれなかったのに」

「あの頃は、もしかしたら俺も金髪とか赤髪にさせられるんじゃないかって思って、怖かったんだ」

「そんなつもりなかったもん」

「これから一生俺をプロデュースしてよ。俺はもう、まちこのものなんだからさ」

アキラはそう言って、私の頬に手を触れた。

そっか。気持ちはどうであれ、アキラは私の夫になるんだ。

「なにそれ。一生俺の味噌汁作ってくれ、みたいなこと？」

「あはは、プロポーズの言葉、これにしとけばよかったな」

マンションに帰ったのは午後八時半。私から先に風呂に入り、お互いの寝支度が整ったところで時刻は午後十時半を回った。

「寝不足は美容の大敵だ。もう寝よう」

アキラはそう言って早々にベッドに入った。「うん。そうだね」と、私も彼に続く。

結婚式前、最後の夜だ。今夜こそ、もしかしたら……なんて、性懲りもなく期待している。

「おやすみ、まちこ。明日、楽しみにしてる」

え？　寝るの？　しないの？

私たち、一度もせずに結婚するの？　したいよ。しようよ。

心では思うけれど、どうしても言葉にできない。

「……おやすみ。私も楽しみにしてる」

アキラはそれから十分後には寝息を立てはじめた。私とのスキンシップなんて、心底どうでもいいのだろう。結婚相手に、私は失恋している。

「すぅっ……はぁ……」

泣いているのがバレないよう、できるだけ静かに、深く呼吸する。いくらアキラの眠りが深くても、ちゃんと呼吸をコントロールしないと、泣いているのを勘づかれて起こしてしまうかもしれない。

私はなかなか入眠することができなくて、アキラの規則的な寝息を聞きながら、「理性的」の呪縛《じゅばく》の苦しさと切なさに耐え忍んだ。

私は明日、アキラとの関係がプラトニックなままバージンロードを歩く。


いよいよ結婚式当日。

幸運にも清々《すがすが》しく晴れた。残暑はまだ厳しいが、いい青空である。晴れたら外で写真を撮ることになっている。無事に撮影できそうだ。

私とアキラは一緒にタクシーで式場へ行き、別々の部屋で準備を開始した。

ふたりがかりでドレスを着て、三人がかりでヘアメイクをする。顔だけではなく、首やデコルテ、肩、背中にまでべったりファンデーションを塗られるのは初めてのことだった。

「お肌が綺麗ですね」

「ありがとうございます。昨日エステで綺麗にしてもらったんです」

「エステの力を借りても、日頃のケアが行き届いていないとここまでにはなりませんよ」

メイクをしながらヘアセットも同時進行しているのだけれど、私はショートカットなので、そんなに時間はかからない。

「あ、そのスプレー。私もスタイリスト時代に使ってました」

「本当ですか？　これ使いやすいですよね」

ヘアスタイリストを引退したとはいえ、私も美容師だ。トークが自然とスタイリングの話題になる。

「めっちゃ愛用してました。懐かしいな。私は8番派だったんです」

「あ～、サロンだと成人式とかお呼ばれとかですもんね。ブライダルはいったん崩してお直しするんで、5番とか6番を使っているところが多いですよ」

「なるほど。5番くらいだと直しやすそう」

現役の頃もブライダルヘアメイクの現場には立ったことがないので、彼女たちとの会話はとても楽しいし勉強になる。

話が盛り上がっても手を止めないプロたちによって、私はみるみる花嫁へと仕上げられていった。

「わぁ……すごい。これ、私ですよね？」

鏡に映った自分の姿に、思わず感嘆のため息をつく。我ながら、今まで見たどんな自分より綺麗だと思う。

「とってもお綺麗ですよ」

「綺麗に仕上げてくださってありがとうございます」

美容師の仕事ってやっぱりいいな。私は腰を痛めてスタイリストの仕事ができなくなってしまったけれど、かつてそんな仕事に就いていたことを誇りに思う。

控室で待っていると、加藤さんがやってきた。

「板築様……！　本当にお美しいです。素晴らしい仕上がりですね」

こちらが恐縮してしまうくらい大袈裟に褒めてくれるので、どんな顔をしていいかわからなくなってしまう。でも、悪い気はしない。

「加藤さん、ありがとうございます。みなさんのおかげです」

「新郎様も準備完了していますよ。とっても素敵なので、チャペルで会えるのを楽しみにしていてください」

「はい」

私たちはお互いの晴れ姿を、チャペルの扉が開くまで見ないことにしている。

この式はゲストのためではなく、私たち自身のためのものだ。だから、私たちの気持ちを盛り上げるためにそうしようと、加藤さんが提案してくれた。

「それでは、チャペルにまいりましょう」

「はい。よろしくお願いします」

試着の時にはわからなかったけれど、ドレスを着たまま歩くのはかなり大変だ。何人ものスタッフにドレスを支えてもらってゆっくり歩き、ようやくチャペルの扉の前に到着した。

控室を出たところから、カメラマンが私を撮っている。移動しているだけのこのシーンも、いい感じに編集してくれるのだろう。

白い扉の前で姿勢を正す。ブーケからいい香りが漂ってきた。結婚式らしいパイプオルガンの音楽が扉の外にも漏れ聞こえている。

私のそばにいるスタッフが、小声でインカムに「了解しました」と応答した。

加藤さんが私のベールを下ろしてくれて、ドレスを支えてくれていたスタッフふたりが金色のドアノブに手をかける。

「おめでとうございます」

「いってらっしゃいませ」

次の瞬間、小気味よい音を立てて扉が開いた。

光と音楽がぶわっと押し寄せて、私を取り巻く空気が一気に変化する。

自然光をめいっぱい取り込んだチャペルは、神々しいくらいに明るい。バージンロードの先に、シルバーのモーニングを纏ったアキラがいる。

なんて燦爛《さんらん》で荘厳《そうごん》な光景なのだろう。

私は早くも胸がいっぱいになって、込み上げるもので目頭が熱くなった。

私を見たアキラが、にこりと笑顔を浮かべる。

月並みな表現しかできないが、本当にカッコいい。

こんなに素敵な人が、本当に私の夫になってくれるの？

練習した通り、音楽に合わせゆっくりとバージンロードを歩く。その間、彼の花婿姿を目に焼きつけた。

ようやく隣に並んだところでアキラの腕に手を添え、牧師のもとへ。牧師は優しい顔をした日本人男性で、心に響くクリアな声で聖書の朗読を始めた。

「愛に偽りがあってはなりません――」

牧師の言葉に、私はドキッと胸を震わせた。聖書にすべてを見透かされているような気がして、アキラの腕を掴む手に力が入る。

大丈夫。私たちが放棄したのは浮かれた恋愛感情であって、お互いに愛情を育む気持ちに偽りはない。それに、少なくとも私はアキラを愛している。

聖書の教えを聞いたあとは誓約だ。

お互いはもちろん、神様にも、無条件に愛することと貞操を守ることを誓う。

「新郎、棚澤耀。あなたはここにいる板築まちこを、病める時も、健やかなる時も、富める時も、貧しき時も、妻として愛し、敬い、慈しむ事を誓いますか？」

「はい、誓います」

アキラは迷いなく、牧師の目を見てはっきりとそう宣言した。

「新婦、板築まちこ」

次は私が誓う番だ。牧師の視線が私に移る。

「あなたはここにいる棚澤耀を、病める時も、健やかなる時も、富める時も、貧しき時も、夫として愛し、敬い、慈しむ事を誓いますか？」

――はい、誓います。

そのたった七音が口から出ていかない。

病める時にも貧しき時にも、彼を支える覚悟はできている。

けれど、もし一生アキラが私を女性として愛してくれることがなかったとしたら？

一生私の片想いのままだとしたら？

理性的に契約結婚をすることを決めて四ヶ月。アキラは一度だけ私を求めたことがあったけれど、結局愛し合うことなくここに立っている。

こんな結婚、してもいいの？　私は幸せになれるの？　アキラは幸せになれるの？

そんな不安を「自分が言い出した結婚の形なんだから」と無理に納得してごまかしていた。もうずっとアキラに恋愛感情を抱いていたくせに。

私がなかなか誓わないので、牧師もアキラも、見守っているスタッフも、怪訝《けげん》な顔をしはじめている。

牧師から目を逸らし、アキラを見た。

眉を寄せ顔を歪めている彼を見た瞬間、私の心が折れた。

ああ、アキラも不安なんだ。

「ごめんなさい……誓えません」

目に涙が溜まり、流れる。

涙で視界がぼやけた数秒の間に、アキラの表情は無になっていた。

大変なことをしてしまった。

私はなにもかもに耐えられなくなり、重いドレスを着たままチャペルを飛び出した。

顔にかけたままのベールが、なんとも鬱陶しかった。

◆◆

やった。やってやった。

今朝目覚めた瞬間、俺は自信と充実感に満ち溢れた。

結婚式を挙げる今日まで、めくるめくまちこへの煩悩に打ち勝ち、理性を保つことができた。つまり、まちこの望む理性的な契約結婚が俺となら可能であると、証明できたというわけだ。

まちこは朝から緊張している様子だったが、俺は実に晴れやかな気分だった。

俺たちは夫婦になる。これまでは証明のために耐えてきたけれど、今夜はきっと。

俺は遠足前の小学生のような気持ちで、式場へと向かった。

メイクをするのは人生で初めてのことだった。メイクといってもファンデーションを塗るくらいなのだが、慣れないので顔が変な感覚だ。

「棚澤様、お肌がとってもお綺麗ですね」

「妻が使っている化粧品で保湿するようになってから、調子がいいんですよ」

調子に乗って〝妻〟なんて言ってしまった。籍を入れるのはまだ明日なのだが、式を挙げるのだからフライングは許してほしい。

まちこに言われてスキンケアをするようになって以来、肌の調子がいいのは本当だ。先日夏目にも「社長、最近肌がツヤツヤしてる。幸せなんですね」と言われた。

まちこの準備は俺より一時間長くかかった。途中からは俺の方にいたヘアメイクさんもまちこの方へと行ってしまい、俺は担当プランナーの加藤さんが呼びに来るまで持参したタブレットで仕事をしていた。

「板築様、とってもお綺麗ですよ。チャペルで会えるのを楽しみにしておいてくださいね」

彼女が言った通り、チャペルに現れたまちこは女神のように美しかった。

たっぷり自然光が降り注ぐこのチャペルも、存在感のある白いドレスも、首元や頭上で光っている宝飾品も、すべてまちこのために存在しているような気がした。

あまりの神々しさに喜びと感動が溢れ、あやうく泣いてしまいそうだった。

一歩一歩ゆっくりとバージンロードを歩いてくるのが焦れったい。

顔がベールに覆われているのがもどかしい。

病める時も、健やかなる時も、誰よりもなによりも大切にすると心から誓う。

だから早く、俺のものに——


「ごめんなさい……誓えません」


そう告げて走り去ったまちこの後ろ姿が、扉に隠れて見えなくなる。

まちこが俺との結婚に迷いを抱いていることには、なんとなく気づいていた。けれど、こんなタイミングで泣いて逃げるほどだったとは思わなかった。

頭が真っ白になり、膝から崩れ落ちる。

以前にもこういうことがあったなと、頭のどこかで冷静に思った。まちこが帰ってきていないと知ったあの朝だ。

まちこが迷っていることに気づいていながら手を打たなかった俺が悪い。日頃社員に「不安の芽は事前に潰せ」なんて言っているくせに、この様《ざま》だ。

この式をサポートしてくれているたくさんのスタッフがインカムで連絡を取り合いバタバタしはじめた。けれど情けない俺は膝をつき放心したまま動けない。

「棚澤様！　追いかけて！」

チャペル中に響いた加藤さんの叫びに、俺は我に返った。

追いかけるって、どこに？

彼女は俺が尋ねる前に答えた。

「デッキです！　早く！　早く立って！」

「はっ……はい！」

俺は慌てて立ち上がり、走り出す。スタッフが「こちらです」とデッキへの最短ルートへと誘導してくれた。

ウェディングドレスのまちこはとても目立っていて、すぐに見つけられた。海側の塀の手すりに頭を伏せている。こちらに背を向けているけれど、泣いているのがわかる。

「まちこ！」

俺が来たことに気づいたまちこは逃げようとするが、重いドレスと慣れない靴では走りにくいようだ。俺はすぐに追いつき、背後から抱きしめるようにして捕まえた。

「まちこ」

反応はない。観念したのか、抵抗もしない。

「まちこ、ごめん。俺との結婚に迷ってるって、なんとなく気づいてたのに。押し切るみたいに話を進めた」

夢を叶え、社会的に成功して、経済的な余裕もある。今の俺ならまちこの理想の夫になれるという自信があった。

よく「結婚は勢いだ」なんて耳にするし、マリッジブルーという言葉もある。まちこが迷っているのも一時的なもので、式を挙げて籍を入れてしまえば納得して落ち着くだろうと高を括っていた。

まちこを尊重しているつもりで、その他大勢の女性と同じ型にはめて安心していた。まちこを大切にしているつもりで、自分にとって都合の悪い部分には目を瞑っていた。

こんな男、逃げられて当然だ。

「アキラ、どうして神様に愛を誓ったの?」

まちこが冷たい声で尋ねる。

「どうしてって、そりゃあ誓うだろ。結婚式なんだし」

俺の答えを、まちこは鼻で笑った。

「そんな誓い、バカみたい」

「え？」

「私のこと、愛してなんかないくせに」

そう聞こえた瞬間、俺の中でなにかが切れる。

愛してなんかないくせにって、なんだよ。俺がいったいどんな気持ちで神に誓いを立てたと思ってるんだ。

俺は再会してから……いや、中学の頃から、ずっと。

「愛してるよ！　愛してるに決まってるだろ！　バカにすんな！」

俺がそう言い返すと、まちこは勢いよく俺の方を向いた。そして俺を睨みつけ、顔にかかったベールを乱暴にまくり上げる。

「嘘つかないで！　バカにしてるのはそっちでしょう？　この場を収めたいからって、適当なこと言わないで」

デッキには通行人やベンチで休んでいる人が少なからずおり、ウェディングドレスとモーニングコートで言い合っている俺たちはこれ以上なく悪目立ちしている。

けれど、そんなこと今はどうでもいい。

「適当ってなんだよ。だいたいな、花嫁に逃げられて傷ついてんのはこっちなんだよ。

愛を誓ってもらえなかった俺の気持ちは無視か！」

その点についてはまちこにも罪悪感があるのか、ばつが悪そうに唇を噛む。

「だって……だって私、愛されたいもん。家族としてじゃなく、ちゃんと女として見てほしい。でもアキラは一生私を愛してくれないかもしれないじゃん。そう思ったら、怖くて誓えなかったの！」

ぶつけられた言葉に、俺は驚嘆を禁じ得なかった。

まちこが夫に対してパートナーシップや家族愛を求めていることは認識していた。

しかしその相手とは恋愛感情抜きで関係を育みたいと言っていたから、恋人のような愛し方はあまりされたくないのだと思っていた。

だけどそうではなかった、らしい。

「俺、まちこを女として見てるよ。当たり前だろ」

「そんなの嘘だよ。だって、結局一回もしてくれなかったじゃん」

「へ？」

「アキラは私なんかじゃそんな気持ちになれないのかもしれないけど、私は……私はずっとアキラとしたかったよ」

初めはケンカ腰だったのに、内容に恥じらい、最後の方は小声になる。

「え？　ちょ……ちょっと待って」

俺の理解が間違っていなければ。まちこは男女のスキンシップのことを話しているんだよな？　ずっとしたかったって？　なんだそれ。どういうことだ？　まちこはそういうのを抜きに結婚したかったんじゃないのか？

「毎日一緒に寝てるのに、一度も求められないほど自分が女として見られないなんて思ってなかった。ねぇ、私、そんなに女として魅力ないかな？」

言いながらふたたび涙ぐんだまちこに、俺はますます混乱していく。

お互いが求めた時にしましょう、という決まりになっていた。それは遠回しに「私が求めるまでするな」ということなのだと思っていた。だから、俺が求めないことこそ、俺が理性的である証明になるのだと、信じて疑っていなかった。

惜しくも未遂に終わったが、まちこが俺を求める素振りを見せたのは神津島の宿でだけだ。でも、〝だけ〟だと思っているのは俺だけで、本当はそれ以外でも求めていたということ？　もうわけがわからない。

「なに言ってんだよ。俺、ずーっと我慢してたんだぞ」

それはもう、修行僧のように。肌が見えても、いいにおいが漂ってきても、キスがどんなに官能的になっても、とにかく耐えてきた。

「我慢？　お互いが求める時はしようって決めたじゃん。したいならしたいって、どうして言ってくれなかったの？」

俺も困惑しているが、まちこもまちこでわけがわからないという顔をしている。

「どうしてって、理性的でいるためだよ」

「はぁ？」

「一度でもしたらタガが外れる。理性的に振る舞うなんて絶対に無理だ。理性的でいられなきゃ、まちこにとって俺との結婚は意味がなくなるだろ？　だから、我慢することで俺の理性を示したかったんだ」

俺の言葉に、まちこは呆れたように笑った。

「理性的って、私は感情に左右されずに正しい判断ができるって意味で使ってたんだよ？　欲求を我慢できるって意味じゃない」

「あれ？　そうなの？」

どうやら「理性的」という言葉において、大きなボタンの掛け違いが起こっていたようだ。これまでの忍耐はなんだったんだ。途端に力が抜けていく。

「同窓会の日、あんなに話したのに……私たち、全然わかり合えてなかったんだね」

「そうだな……。いや、まちこの言葉の意味を履き違えてた俺が悪い。ごめん」

「ううん。きっと私の伝え方が悪かったの。ごめんなさい」

俺たちは各々自分の仕事に夢中で、私生活は二の次。疎かにしていたつもりはないが、コミュニケーションが十分でなかったことは否めない。

同居開始当初に比べればお互いに譲歩するようになったとはいえ、もっとたっぷり時間を取って一緒に過ごし、意思や気持ちを交わしておくべきだった。

俺は一度深く息を吸って、自分を落ち着かせるようにゆっくりと吐く。

そしてベールをなびかせるまちこに、改めて向き直った。

「まちこが不安に思っているようだから、引かれるのを覚悟で正直に言うけど」

「うん」

「俺、毎日まちこにムラムラしてたし、バレないように風呂で抜いてた」

「ぬいっ……？」

まちこが見たことのない表情で悲鳴のような奇声をあげた。

礼装している男がまじめな顔で花嫁に告げるセリフでないことは、自分でもよくわかっている。

「そうでもしないと、まちこのそばで理性的になんてなれなかったんだ。俺、中学の時からずっとまちこが好きだったから」

ずっと抱えていた気持ちをとうとう告白したというのに、まちこはムッと唇を尖らせて、顔をしかめた。

「なによ。ほんとバカみたい」

「ごめん」

これは、振られた……のか？　そりゃそうだよな。どう考えたって、俺は失敗した。

「そんなクソみたいな理性、今すぐ捨ててよ」

「え？」

「私だってアキラのことが大好きで、愛してるんだから。私と結婚する気があるなら、ちゃんと私をアキラのものにしてよ！」

そう叫んだまちこの声が、俺の胸を貫く。理性が破壊される音を初めて聞いた。

まちこの手を取り走り出す。まちこの履いているヒールがデッキを大きく鳴らしている。通行人が足を止め、俺たちのために道を空けてくれた。

少し離れたところから俺たちの様子をうかがっていたスタッフに「少しだけふたりになる時間をください」と告げ、返事も待たずにホテルの中へ。チャペルの扉の前を素通りし、新婦の控室へと入った。

まちこのドレスが完全に室内に入ったのを確認してから扉を閉め、鍵をかける。施錠音がやけに響いて聞こえた。

「まちこ」

「アキラぁ、んぅ……」

キスをしながらドレスをまさぐる。着るのも脱ぐのもスタッフの手伝いが必要だと聞いていたが、想像以上に頑丈で、脱がし方がわからない。

俺は脱がすことを諦め、スカートの部分をまくり上げた。かなりのボリュームだ。ブライダルインナーが現れるまで、ひたすらまくり続ける。

俺の花嫁なのに、すぐに触れないのがもどかしい。

悪いことをしている気分だ。この不自由さや焦れったさ、そして背徳感が、余計に気持ちを盛り上げる。

ドレッサーの大きな鏡の前で、俺たちは初めてひとつになった。

衣装を汚さないように。髪を崩さないように。それらしい物音を立てないように。あちこちに気を遣いながらなんとか致した行為は、実に物足りなかった。

「こんなセリフ、現実で使う機会はないと思ってたけど……」

彼女の露出した肩に背後から顔を埋《うず》め、呟く。

「なに?」

俺の方を向いた彼女の唇に、軽く自分の唇を触れ合わせる。

お互いにまだ息が上がっている。体の熱も冷めやらない。

「今夜は寝かさないからな」

俺はまるで恋愛マンガのワンシーンに出てくるようなセリフを吐き、クスッと笑ったまちこを強く抱きしめた。

◇◇◇

私とアキラは、各々メイクを直して結婚式をやり直した。

スタッフのみなさんには心配と迷惑をかけてしまったけれど、「無事に仲直りできてよかったです」と笑顔で言ってもらえた。

「新婦、板築まちこ。あなたはここにいる棚澤耀を、病める時も、健やかなる時も、富める時も、貧しき時も、夫として愛し、敬い、慈しむ事を誓いますか？」

牧師の問いに、私は今度こそはっきりと答える。

「はい、誓います！」

私の堂々たる返答に、牧師はにっこりと笑って頷いた。

指輪を交換し、誓いのキスを交わす。

私たちは神様のもと、晴れて夫婦として認められたのだった。

私の逃亡と諸々のせいで一時間ほどタイムロスしたため、写真撮影は大急ぎで行うことに。

「おふたりとも、いい表情をされていますね」

「本当に。幸せな感じがレンズ越しに伝わってきますよ」

心と体が通じ合ったからか、私たちはよっぽど満たされた表情をしているらしい。

私たちがどんな仲直りをしたのか見抜かれているみたいで、ちょっと恥ずかしい。

撮影の進行具合によっては緑のドレスでの撮影を別日にすることになるかもしれないと言われていたのだけれど、短時間でいい写真がたくさん撮れて、無事にお色直しを決行できることになった。

私は緑のドレスをまとい、髪は部分ウィッグでアップスタイルに仕上げ、白の生花を飾った。デコルテや背中にはパールやラメの入ったファンデーションを塗り直し、艶っぽさを出す。

アキラはネイビーのフロックコートにお色直し。髪は前髪を横に流した大人っぽいスタイリングに変えて、グッと色気を増している。

今さらながら、彼にドキドキする。彼が男になるところを見たばかりだから余計にそう見えているだけかもしれないけれど、私の夫はとてもセクシーだ。控えめに言っても、この世界にいる他のどんな男性よりも素敵だと思う。妻の欲目である。

「見てください。夕日がとっても綺麗ですよ」

「お空もおふたりを祝福してますね。さあ、お外でも撮りましょう」

スタッフのみんなと一緒にデッキの南側にある展望エリアへ移動した。いつの間にか日没の時間になっていたようだ。ビルとビルの間に太陽が見え、オレンジと青の鮮やかなグラデーションが都会の景色の背景を彩っている。

思えばアキラとの思い出ができる日は、いつも空が祝福してくれていた。

「ねぇ、まちこ」

アキラが私の手を取る。

「なに？」

「俺の妻になってくれて、ありがとう」

目の奥に熱を感じ、次の瞬間には目から涙がこぼれていた。

せっかくメイクをしてもらっているのに、また泣いてしまった。でもこれはさっきとは違う、幸せな涙だ。

「こちらこそ。私の夫になってくれて、ありがとう」

静かな夕凪《ゆうなぎ》の中、雲ひとつない夕焼けを背景に、私たちはこの日最後の撮影に臨んだ。

撮れた写真のデータはまだ見ていないけれど、きっとストーリーのあるいいアルバムが仕上がるだろう。受け取るのが楽しみだ。

撮影終了後、私たちはホテル内にあるレストランで美味しいフルコースと夜景を楽しみ、宿泊する部屋へと移動した。

「……え？」

部屋に入った瞬間、私は驚いて固まってしまった。ふたりで利用するにはもったいないくらいに広い部屋、豪華な調度品。大きな窓からはキラキラした夜景が望める。

「どうしたの？　早くこっちにおいでよ。景色がいいよ」

レストランのドレスコードに合わせジャケットを着用しているアキラが、何食わぬ顔で笑っている。

「ねぇ、ここ、私が予約した部屋と違うんじゃ……」

「あ、うん。俺がいい部屋に変えたんだ」

エレベーターを降りた時から、なんとなくおかしいなとは思っていた。ちゃんと読んではいなかったけれど、部屋の表札に滑らかな筆記体で「executive suite《エグゼクティブ　スイート》」と書かれているような気がしたのは気のせいではなかったらしい。

「いつの間にそんなこと」

「最初にここに来た時。サプライズにしたいから内緒にしといてって、加藤さんには頼んでおいた」

「まさか、そのために私より先に加藤さんと会ったの？」

「そうだよ。まちことの初めてを素敵な空間で迎えたくて。結果的に、まぁ、初めてはああいう場所になってしまったけど」

「ごめん……私のせいだね」

今になって恥ずかしい。理性を放棄し、ただアキラとひとつになることだけを求めて、後先考えず欲に溺れた。やっぱり私はチンパンジーだ。

「いいよ。あれはあれで、刺激的だったし？」

アキラが未だにドアのそばでどぎまぎしている私の手を取り、部屋の中へと誘導する。もう片方の手に持っているハンドバッグは、アキラがソファーへと放った。

自然に抱き合い、はにかみながらキスをする。

私たちは愛し合っている夫婦だ。

それが強く実感できて、途端に幸福で胸がいっぱいになる。

「ねぇ、アキラ」

「ん？」

「ベッドでちゃんと、仕切り直すんでしょう？」

「当然。寝かさないって言っただろ？」

飛び込むようにベッドに押し倒される。ふかふかで質のいいベッドは衝撃を吸収し、私とアキラを優しく受け止めた。

深くキスを交わしながら、少しずつお互いの服を脱がしていく。ちゃんと肌を見せるのはこれが初めてだ。

生肌で抱き合う滑らかな感触に、ふたたび理性が失われていく。

「まちこ。こっち見て」

切なさの混じる声で私を呼ぶアキラがあまりに色っぽい。勢いで繋がったさっきよりも、ずっとドキドキする。

「アキラ」

「ん？」

「いったい誰がアキラをそんなにカッコよくしたの？」

中学の頃から、アキラを素敵な男性にするのは私の仕事だと思っていた。その仕事を奪った誰かに、私は今でも心の底から嫉妬している。

アキラはクスクス笑いながら私の左手を取り、指にキスをした。私の薬指にはチャペルでアキラが着けてくれたマリッジリングと、重ね着けたエンゲージリングが光っている。

「そんなの決まってるじゃん。まちこだよ」

調子のいい答えに、私はムッと唇を尖らせた。

「私、なにもしてないんだけど」

アキラは楽しげに唇を重ね、頬に目元に額にとキスを落とす。

「いやいや。まちこの功績は大きいぞ」

「意味わかんない」

「中学の頃、俺にずっと〝アキラは絶対にカッコいい〟って言い続けてくれただろ？俺はずっと、まちこの期待に応えるために頑張ってたんだよ。外見のことも、勉強や仕事も、なんでも全部」

中学の頃、私がまとわりつくのを、アキラはずっと鬱陶しく思っていると思っていた。まさかそれを糧にしてくれていたなんて思ってもみなかった。

なんだ……私、今までずっと昔の自分に嫉妬してたんだ。

「えへへ。私やるじゃん」

「だろ？　これからもよろしく頼むよ。一生ね」

「うん。アキラは絶対、これからも一生ずーっとカッコいいよ」

「ははは、善処します」

ver.8.0　理想的契約結婚

◆

「私事ではございますが、先日結婚いたしました」

ある日の朝礼時、仕事の共有事項のついでに、社員たちに結婚を発表した。

サラッと告げて「へぇ～」くらいで終わるつもりだったのだが、社員たちから拍手喝采と歓声が上がり、俺は自分の会社で初めて恐縮してしまった。

まさかこんなに盛り上がってくれるとは。

「奥様はどんな方なんですか？」

社員たちがまさに興味津々という表情で俺を見る。

まちこを思い浮かべると、自然と頬がゆるむ。そんな顔を部下に見せてしまっているという事実が照れくさい。

「中学の同級生です」

そう告げると、社員たちは意外だという反応を見せた。それまで〝港区女子と適当に遊んでいる〟というイメージだっただろうから、仕方がない。

「自分の妻をこう言うのはあまり日本人らしくないですが、僕にはもったいないくらい素敵な女性なんですよ。中学の頃の初恋が、最高の形で実りました」

社内にふたたび歓声が湧く。祝福してもらえて素直に嬉しい。

「まちこちゃんっていうんだけど、すっごい美人なんだよ～」

ケンジが茶化すようにバラす。まちこが美人なのは本当なので、俺はただ誇らしげに笑って頷いた。

「奥様は広尾でサロンを営んでいらっしゃるので、予約が取れれば会えますよ。この結婚で涙を飲んでいる社長のファンのみなさんは、奥様を忙しくさせて意地悪しちゃいましょう」

夏目の言葉に、笑いが溢れる。これ以上まちこが忙しくなるのはちょっと困る。

「うわ～、莉里ちゃんツンデレ」

「ちなみに私は、明日の二十一時に予約を入れてます」

「え、マジで？　明日は夜に予約があるって言ってたの、夏目のことだったのか」

「そうで～す」

夏目はすっかりまちこのサロンの常連になっているらしい。ＳＮＳでも紹介してくれたそうなのだが、おかげでまた忙しくなったとまちこが笑いながら言っていた。

株式会社ディアスタンダードの経営はありがたいことに順調だ。しかしながら現状に満足せず、これからも成長を続けていく。

手がけていた新しい教育サービスも、先日無事にプレオープンを迎えた。まだ課題はあるけれど、来月のグランドオープンはいい形で迎えられるだろう。

次はなにを作ろう。どんな仕事をしよう。ＩＴビジネスの世界にはおもしろそうなことがまだまだたくさんある。

俺は人生において、自己実現を第一に生きてきた。

学生時代はレベルの高いエンジニアになること。起業当初は会社を成功させること。そして会社の経営が安定してからは、よりよい会社へと成長させ、社員や社会に貢献すること。

そしてこれからは、まちこと共に幸せな生涯を歩むこと。

実現のために、いかなる努力も惜しまない所存だ。

これからの人生が楽しみで仕方がない。

この日帰宅すると、珍しくまちこの方が先に帰ってきていた。

玄関に入った時からいい香りがしていたのだが、料理をしていたようだ。料理名はわからないけれど、鶏肉を焼いたものと根菜を煮たもの、そして汁物がコンロに載っている。

「おかえりアキラ。もうすぐ完成するよ」

「まちこって、こんな本格的に料理できたんだ」

食事はいつも家政婦の池村さんの作り置きと外食に頼っているし、たまに自分で作る時も簡単に炒めて終わり、みたいなものばかりだった。

「やらないだけでちゃんとできます～っていうのを見せつけたいし、たまには奥さんっぽいことしたかったんだ」

「まちこの手料理、嬉しいよ。においを嗅いでたら腹減ってきた」

「じゃあ荷物を置いて、手を洗ってきて」

「はーい」

まちこは相変わらず、忙しそうにサロンで働いている。しかし、以前ほど早朝や深夜の施術を入れる頻度は高くない。俺が起きている間に帰宅することが多くなったので、必然的にふたりの時間も取れている。デートのようなことも、ちょくちょくできるようになった。

ベッドでの睦《むつ》み合《あ》いも、もちろん充実している。いつか子供ができると楽しいだろうな……と、将来の展望に夢を抱いたりもしている。

「サロンワーカーの妊娠出産や育児をサポートできるようなサービスを作ろうかな」

まちこが作ってくれたご飯を食べながら、ふと思いついてしまった。

「どうしたの急に。仕事の話？」

「いや、俺たちの間に子供ができた時のことを考えたら、必要だなって思い至って」

「気が早いなぁ。でも、そういうサービスがあると嬉しいかも」

やりたいと思ったら、俺の行動は早い。まずは具体的にどんなサービスの提供が可能か、既存サービスを調べながら具体的に考えてみよう。案をまとめたら明日にでも社員に聞いてもらって、意見をもらって——

「アキラ、ごはん冷めるよ。仕事のことはあとで考えて」

「はい」

◇　◇

板築まちこから、棚澤まちこへ。渋谷区広尾から、港区西麻布へ。

苗字や住所を変更する手続きは、わかってはいたけれどなかなかに面倒で、すべての手続きを終えた頃にはもう十月になっていた。

エクステンションで黒髪のロングヘアへとイメチェンした佐和子さんにそのことを愚痴ったのだが、彼女は見透かしたように笑う。

「口ではそう言いながら、楽しそうに話してるじゃない。本当は浮かれてるんでしょ？」

まったく、このお方には敵わない。

「えへへ、バレてます？」

「バレバレよ。まったくかわいいんだから」

佐和子さんの新しい髪色に合わせて、まつ毛はやや太めのものを、眉毛もブリーチはせず濃い色のティントで仕上げた。秋になると彼女のようにイメチェンをしてやってくるお客様が少なくない。

国内のトレンドは季節ごとに変わっていくし、海外のトレンドを求めるお客様もうちのサロンには多い。新しい技術もどんどん開発され、求められる知識も増えていく。

〝美容師〟の奥は深い。ヘアスタイリストとしてのキャリアは絶たれてしまったけれど、アイリスト、アイブロウリストとして、私はこれからも貪欲に生きていくつもりだ。

施術後、佐和子さんは結婚祝いと称して、自身が経営するブティックの紙袋を私に押し付けてきた。

「あんまり仕事ばっかりしてないで、これを着て旦那くんとデートしなさい」

中に入っていたのは、特徴的な柄のワンピースだ。手触りからして、とても上質なものだということがうかがえる。

「素敵なワンピース！　嬉しい！　大切に着ます。ありがとうございます」

「この服でお出かけしまくって、うちの店の広告になってちょうだい」

「はい。宣伝頑張りますね」

とても嬉しいことなのだが、佐和子さん以外の常連のお客様からもたくさんお祝いを頂いている。想像以上にお客様が私の結婚を喜んでくれるので、改めて私は幸せ者だなと実感しているところだ。

この日、帰宅ができたのは夜の九時を過ぎた頃だった。

なにやら肉を焼いているような、香ばしい匂いがする。そう思ってキッチンに直行すると、アキラがコンロの前に立ってフライパンを握っていた。

「ただいま、アキラ。料理してるの？」

「おかえり。この間まちこが作ってくれたから、俺も作りたいなと思って」

「アキラって料理できたんだ」

「〝焼く〟と〝茹《ゆ》でる〟と〝盛る〟だけならね」

焼き上がった肉をまな板に移し、カットする。いい焼き具合だ。

食器棚にあるおしゃれな皿に盛り付けると、お店のステーキのように見える。

「すっごく美味しそうなお肉だね」

「いい肉買ったから、美味しいと思うよ」

アキラが自身満々でそう言うので、私は嫌な予感がした。手を洗いつつ、まだ流し台に放置されているプラスチックトレーをチェックする。そこには想像通り……いや、想像を超えた記載が。

「松坂牛のヒレ肉？　一〇〇グラムあたり四千円？」

この手の肉が有栖川宮《ありすがわのみや》記念公園の近くにあるスーパーに売っていることは知っていた。けれどさすがに購入したことはなかった。

どんな人がこんな肉を買っているのだろうと思って素通りしていたのだけれど、うちの夫のような人だったらしい。

「あ、やべ。バレた。先に捨てときゃよかった」

「もう～、贅沢しすぎ！」

「まぁ、たまにはいいじゃん」

ご飯を美味しく食べ、洗い物は食洗機に任せ、食後の運動がてら手を繋いで麻布十番まで散歩する。

それから一緒にお風呂に入り、お互いの髪を乾かして、同じベッドに入る。

こんな穏やかな生活が、いつまでも続きますように。

私はそう願いながら、今夜も愛する夫に甘えるのだった。

【あとがき】

みなさんこんにちは。坂井志緒《さかいしお》と申します。この度は本書を手に取っていただき、本当にありがとうございます。

みなさんは「prenup《プレナップ》」という英単語をご存じですか？　これは略称で正式には「prenuptial agreement《プレナプシャル アグリーメント》」というのですが、カップルが結婚前に結婚後の生活や家事の分担、離婚時の条件や財産分与などについて書面で契約を交わすこと、つまり婚前契約のことをそう呼びます。私たち日本人には特殊なことのように思えますが、欧米ではセレブリティだけでなく、一般的に行われているそうです。

私はこのことを英語系の動画チャンネルで見て知ったのですが、なかなかの衝撃でした。欧米って、とってもラブラブな感じで結婚するイメージが強かったので、その裏でこんなにかっちりと契約を結んでいるなんて思ってもみなかったのです。

ラブラブ結婚と契約結婚は両立するんですね！　おもしろい！

そう思って、プレナップを題材にお話を作りました。本編はお楽しみいただけましたでしょうか。

書いていて楽しかったのは、神津島の旅のシーンです。私も訪れたことがあるのですが、本当に素晴らしい島でした。ぜひ次の旅先にご検討ください。

ついでに白状すると、さるびあ丸が揺れて酔ったのは自分の体験をもとに書いてあります……私はアキラと違って、二十分で回復しましたけどね！　船旅が好きなので、これからも懲りずにフェリーに乗りたいと思います。もちろん、酔い止めを飲んで。

本作は私にとって、三作目のマーマレード文庫になります。

こっそり一作目と二作目の登場人物やブランドを登場させているのですが、気づいてくれていたら嬉しいです。

最後になりますが、本作のために素敵なカバーイラストを描いてくださった竹中さん、作品を一緒に作り上げてくださったマーマレード文庫編集部のみなさん、そして本作をお手に取ってくださったあなた様に、心から御礼申し上げます。

また次の作品でお会いできますように。

坂井志緒

marmaladebunko

二度目のプロポーズ～元カレ社長にほだされて～

ISBN 978-4-596-59051-0

「もう一度、俺のものにしたい。」
再会した元恋人の強引アプローチ

坂井志緒

会社員の麻衣の前に、最悪な別れ方をした元カレ・裕也が社長として現れた！　イケメンかつ御曹司の彼との関係を周りに知られたくない麻衣はつとめて冷静に接するが、裕也はグイグイ迫ってくる。彼への想いには決着をつけたはずなのに、ドキドキ心が揺れてしまう——あんな思いはもうしたくないのに。だけど裕也に婚約者がいると聞いてしまい……!?

甘くてほろ苦い。キュンとする恋♥　マーマレード文庫　定価 本体600円 ＋税

m a r m a l a d e b u n k o

私をダメにしたい社長
～激甘同居を迫られて～

ISBN 978-4-596-41564-6

「近くに置いて、守って、愛して、甘やかす！」
がんばり女子に甘やかしラブ
坂井志緒

「君を徹底的に甘やかし、ダメ人間にして、自分に依存させたい」頑張りすぎて倒れてしまった雪乃に社長・直樹が突然、宣言。家賃タダの魅力に負けて直樹のマンションで同居することになったものの、自立した大人を目指す雪乃はなかなか素直に甘えられない。かわいい、愛してる、抱きしめたい！と迫る直樹の甘やかし攻撃に毎日はドキドキの連続で——!?

甘くてほろ苦い。キュンとする恋♥　マーマレード文庫　定価 本体600円 ＋税

m a r m a l a d e b u n k o

冷徹社長がかりそめ旦那様になったら、
溺愛猛獣に豹変しました

ISBN 978-4-596-01143-5

「俺のものになる覚悟を決めろ」

あさぎ千夜春

輸入菓子会社に勤める美都は、社長の高虎から突然「お前と結婚する」と迫られて!? 美都の祖父が作るアップルパイのレシピ提供の条件として、政略結婚を勝手に決められていたのだ。訳がわからないまま、不愛想アンドロイドと噂される冷徹で強引な高虎と同居することになったが、自宅での彼は極甘に豹変。既成事実を作ろうと甘い毒牙を向けてきて…!?

甘くてほろ苦い。キュンとする恋♥　マーマレード文庫　定価 本体600円 +税

m a r m a l a d e b u n k o

堅物夫が私（妻）と浮気しています!?

ISBN 978-4-596-33385-8

夫の不倫相手（謎の美女）は変装した私!?

あさぎ千夜春

芽衣子は13歳年上の旦那様・尊が大好き。だけど彼が「離婚したい」と友人に相談しているのを聞いてしまった！芽衣子は尊の心を惹きつけようと、大人な美女に変装して接近。思惑通り甘い一夜を過ごすも、尊は美女＝芽衣子と気づいていないようで…？それって浮気ってこと!?と悩むが、尊は独占欲を露わにし、芽衣子への想定外の溺愛に突入して…！

甘くてほろ苦い。キュンとする恋♥　マーマレード文庫　定価 本体600円 ＋税

m a r m a l a d e b u n k o

宿敵なはずが、彼の剥き出しの溺愛から離れられません

ISBN 978-4-596-74746-4

「何があっても君を愛している」

西條六花

バリスタとしてコーヒー店を営む七瀬は、交通事故で負った醜い傷のせいで恋愛を諦めていた。しかし店に通う公認会計士・拓人から熱く迫られ、頑なな心を溶かされて身体ごと甘く溺愛されるようになる。ところが彼との秘密の因縁を知り、別れを告げて姿を消すものの、諦めずに捜してくれた拓人と再会。彼の一途な深愛と独占欲に抗えなくなり…？

甘くてほろ苦い。キュンとする恋♥　マーマレード文庫　定価 本体630円 ＋税

原・稿・大・募・集

マーマレード文庫では
大人の女性のための恋愛小説を募集しております。

優秀な作品は当社より文庫として刊行いたします。
また、将来性のある方には編集者が担当につき、個別に指導いたします。

募集作品
男女の恋愛が描かれたオリジナルロマンス小説(二次創作は不可)。
商業未発表であれば、同人誌・Web上で発表済みの作品でも
応募可能です。

応募資格
年齢性別プロアマ問いません。

応募要項
・パソコンもしくはワープロ機器を使用した原稿に限ります。
・原稿はA4判の用紙を横にして、縦書きで40字×32行で130枚〜150枚。
・用紙の1枚目に以下の項目を記入してください。
①作品名(ふりがな)/②作家名(ふりがな)/③本名(ふりがな)
④年齢職業/⑤連絡先(郵便番号・住所・電話番号)/⑥メールアドレス/⑦略歴(他紙応募歴等)/⑧サイトURL(なければ省略)
・用紙の2枚目に800字程度のあらすじを付けてください。
・プリントアウトした作品原稿には必ず通し番号を入れ、
右上をクリップなどで綴じてください。
・商業誌経験のある方は見本誌をお送りいただけるとわかりやすいです。

注意事項
・お送りいただいた原稿は返却いたしません。あらかじめご了承ください。
・応募方法は必ず印刷されたものをお送りください。
CD-Rなどのデータのみの応募はお断りいたします。
・採用された方のみ担当者よりご連絡いたします。選考経過・審査結果についてのお問い合わせには応じられませんのでご了承ください。

m a r m a l a d e b u n k o

応募先
〒100-0004　東京都千代田区大手町1-5-1　大手町ファーストスクエア　イーストタワー19階
株式会社ハーパーコリンズ・ジャパン「マーマレード文庫作品募集」係

ご質問はこちらまで E-Mail / marmalade_label@harpercollins.co.jp

マーマレード文庫

初恋夫婦の契約結婚
～策士な社長が理性を捨てて溺愛したら～

2022年9月15日　第1刷発行　定価はカバーに表示してあります

著者　坂井志緒　©SAKAI SHIO 2022
発行人　鈴木幸辰
発行所　株式会社ハーパーコリンズ・ジャパン
東京都千代田区大手町1-5-1
電話　03-6269-2883（営業）
0570-008091（読者サービス係）
印刷・製本　中央精版印刷株式会社

Printed in Japan ©K.K. HarperCollins Japan 2022
ISBN-978-4-596-74860-7

乱丁・落丁の本が万一ございましたら、購入された書店名を明記のうえ、小社読者サービス係宛にお送りください。送料小社負担にてお取り替えいたします。但し、古書店で購入したものについてはお取り替えできません。なお、文書、デザイン等も含めた本書の一部あるいは全部を無断で複写複製することは禁じられています。
※この作品はフィクションであり、実在の人物・団体・事件等とは関係ありません。

m a r m a l a d e b u n k o